作者简介

　　李荣启，1956年4月生，江苏丰县人，中共党员，毕业于江苏省徐州师范学院中文系，木科学历、学十学位。高级政工师。先后任中共江苏省沛县县委副书记、县长、县委书记，中共江苏省徐州市委常委、宣传部部长，市委常委、市委秘书长，市政府常务副市长、党组副书记，市委副书记，市政协主席、党组书记。现为江苏省徐州市旅游咨询委员会主任、市老区建设与乡村发展促进会理事长（会长）。

SUIYUE DE ZUYIN

岁月的足音

李荣启◎著

中国言实出版社

图书在版编目(CIP)数据

岁月的足音 / 李荣启著 . -- 北京：中国言实出版社, 2024. 12. -- ISBN 978-7-5171-4759-6

Ⅰ . I267

中国国家版本馆 CIP 数据核字第 202449VA38 号

岁月的足音

责任编辑：张　朕
责任校对：李　颖

出版发行：中国言实出版社

地　址：北京市朝阳区北苑路180号加利大厦5号楼105室

邮　编：100101

编辑部：北京市海淀区花园北路35号院9号楼302室

邮　编：100083

电　话：010-64924853（总编室）　010-64924716（发行部）

网　址：www.zgyscbs.cn　电子邮箱：zgyscbs@263.net

经　销：新华书店

印　刷：徐州绪权印刷有限公司

版　次：2025年1月第1版　2025年1月第1次印刷

规　格：880毫米×1230毫米　1/32　8.25印张

字　数：122千字

定　价：68.00元

书　号：ISBN 978-7-5171-4759-6

串珠成链言其心志

——为《岁月的足音》序

王希龙

时间过得真快，转眼间荣启同志也已退休五六年了。前几天，在一次老干部活动的时候我们见了面，他告诉我虽然在老区建设与乡村发展促进会那边还做一些力所能及的工作，但毕竟闲暇的时间多了，这些年兴之所至陆续写了一些文章，最近想结集成册，要我写点文字放在前面，作为序言，我愉快地答应了。

在我的印象里，一直觉得荣启同志是年轻干部。

我在徐州市政府任职时，他在市委办综合科做秘书，当时并不是很熟悉，只知道市委秘书班子文字力量很强，对他们的文稿，市委领导是很满意的。我任市委书记时，荣启同志已到县里工作了，这个时期对他有了更深入的了解。他做县长时是徐州市最年轻的县长，做县委书记时也是最年轻的书记。那个时代县区工作的难度也是很大的，除了发展的压力，吃饭的压力，还有计划生育、农民负担等方面的矛盾都比较多。特别是他所工作的沛县还有矿乡关系和微山湖纠纷两个特殊困难。在荣启同志做主要负责人的几年间，这些问题都处理得很好，经济发展和城乡建设也都风生水起，充分展现了他领导发展和驾驭全局的能力。

荣启同志调来徐州市委班子工作的时候，我因年龄原因，已到市人大常委会任职了，虽然工作上联系不多，但距离近了，对他的工作情况还是了解的。他在市委领导班子里干了三届、十五个年头，无论担任宣传部部长、市委秘书长、常务副市长，还是市委副书记，都干了许多实实在在的事情。特别是他主持徐州军用机场的迁建和黄河故道综合开发，都是难度很大、影响深远的工程，是为徐州的长远发展打基础、增后劲的事情。

荣启同志从徐州市政协主席的岗位上退下来后，接替我到老区建设与乡村发展促进会、扶贫开发协会做一些扶贫助困的事情。他很谦虚，每年都把工作的进展情况跟我说一说。近日，他把初编成册的书稿送给我，题目是《岁月的足音》，分成五个篇章。我慢慢翻阅，乍看说东道西，各章独立，但细细读来则感到"形散而神聚"，体现了作者的思想情趣。透过一篇篇文章、一则则故事，我体会到蕴含的内容，感受到作者的脉动，有许多东西能给人以启迪和教益。首先是自强不息的人生态度。荣启同志比我小十几岁，虽然生在新社会、长在红旗下，但新中国成立初期百废待兴，百姓生活还是十分艰难。荣启同志的老家住丰县偏僻的农村，生活的艰辛是可想而知的。从"忆旧"篇可看到，作者六七岁逃荒要过饭，十多岁外出换过粮，中学毕业后卖过黄盆、扒过大河。他没有在困难中消沉，而是把苦难经历看作"磨炼意志，塑造品德"的财富。不懈地奋发努力、刻苦学习，终于迎来改革开放的机遇，二十多岁又考上大学。这种不畏艰难、积极进取的人生态度是很值得现在的年轻人学习的。其次是对高尚人格节操的追求。人有人品，官有官德，人品和官德靠的是修养，是在漫长人生道路上抵御各种诱惑和磨难砥砺而成。他在书稿"感悟"篇中发人深省地写道，做人要有"原则和底线"，不能"欲望太重，官瘾太大"，为了当官"不择手段"。他在《赏花有感》中赞美白玉兰是"傲然独立的大树，无须靠攀附成长"。慨叹"有多少人能像白玉兰一样坚守纯真，节操高尚，不媚俗，不张扬，为了理想而默默奉献一生"。再次是崇尚淡泊明志、不慕虚名的情怀。荣启同志在书稿中专门写了一篇《当官就要干事》的文章，认为官职就是一个岗位，是一个为百姓办事的平台。他认为"当官是为了干事和干事为了当官是两个完全不同的概念，也是两种不同的境界"。他特别引用了元代诗人、画家王冕的诗句："不要人夸颜色好，只留清气满乾坤。"我认为，文中这些理念或是作者亲身经历过的，或是他提倡追求的美好品质，都是满满正能量。

　　写到这里，想起了文风问题。"横看成岭侧成峰，远近高低各不同"，站在不同角度看问题感受是不一样的。我对荣启同志比较熟悉，读完他的这本《岁月的足音》，深感文风一如其人品、官德一样，平实无华，情真意切，不矫揉造作，全为真情实感的表述，娓娓道来，引起读者共鸣，从中受益。

　　草草上述，权为序。

　　　　　　　　　　　　　　　　　　　2024 年 3 月 20 日

目录

串珠成链言其心志
——为《岁月的足音》序　王希龙 001

忆　旧

感　悟

序　铭

后　记

忆旧

忆旧非怀旧，
更非恋旧。
回首往事，
审视来路，
或能保持认识之清醒。

逃荒

　　每当看电影《焦裕禄》，屏幕上出现焦裕禄书记到任之初，亲自到兰考火车站看望等待扒火车外出逃荒的灾民那一场景时，我都会眼含泪水。因为那种情景勾起了我对童年时一段生活的回忆。

　　逃荒要饭的事在旧社会不稀罕，新中国成立后就很少发生了。但是，在我小的时候，家乡遭遇过一次很大的洪涝灾害，许多村民迫于生计不得不外出谋生。我也在母亲的带领下，跟随逃荒的人群曾两次外出讨饭。

　　1963 年，我刚满 7 岁，正常年景该上小学了，突如其来的自然灾害却给我的人生旅途安排了一个小插曲。这一年的水灾发生在夏秋两季，只记得雨量较大，用正宗的话形容是"天上的银河像泛滥一样"。长时间的降雨造成河水暴涨，农田一片汪洋，秋粮颗粒无收，一些年久失修的民房倒塌，村里村外的道路中断……近日翻阅徐州市老市长何赋硕的回忆录《我在徐州五十年》一书，他在治水记忆章节中记述："1963年 7 月，连日暴雨，最大日雨量 211.1 毫米。"方知那年我们家乡一带的确发生了多年一遇的灾害。不仅我们家乡这一带，全国很多地方那几年都遭遇了严重的自然灾害。灾害带来的损失严重，尤其是农村受损巨大，不少家庭断粮，尽管党和政府千方百计调拨了一些救济粮，但面对大批灾民也只是杯水车薪。我们家当时的情况在村子里更艰难一些，全家七口人老的老、小的小，爷爷奶奶和姥姥年事已高，没有劳动能力，我和哥哥年纪尚小，全靠父母辛勤劳作维持生计。政府给的一点救济粮主要供三位老人吃，我们则靠着麸皮和红薯充饥。

在这种背景下，很多村民开始到处打听消息，了解哪里的收成好一些，准备外出逃荒。对于现在年轻人来说，逃荒是个十分陌生的字眼。所谓逃荒，就是遇到荒年，家中断炊，为了谋生而到外乡乞讨求食。实事求是地说，有一分容易谁也不想做这样的事。经过几天的酝酿，全村人自由结合，分别由村干部或年长者带领，分批外出，主要方向是河南西部和安徽南部。我们家有三位老人需要照顾，哥哥不能辍学，父亲留家照顾老人，母亲决定带我外出。对这样的决定全家人虽然同意，但都很难过，因为母亲和我从未远离过家门，且逃荒要饭面子上不好看，心理压力是很大的。母亲说："讨饭吃不为孬，丢下棍（讨饭棍）一般高。"我们都明白，这是在做全家人的思想工作。

记得我们这支逃荒的队伍有 10 多个人，目的地是河南洛阳一带，因为队伍中有一人曾在那里生活过，对环境相对熟悉一些。我们一行人天不亮出发，准备到 20 多公里外的黄口火车站扒火车西行。因为持续大雨的原因，路很不好走，时过中午才到地方。火车站聚集了很多灾民，管理人员并不太驱赶，可能是上级有要求，体现出对灾民的关心。

下午，我们爬上了一列西去的运煤车。火车开动以后风沙很大，煤灰扑面，睁不开眼睛。几个年纪小的孩子都是第一次坐火车，仍然显得很兴奋。母亲和几位年长的妇女不停地哭泣，牵挂着越来越远的家，念叨着家里的孩子和老人。车到洛阳天已经很黑了，但车站内灯火通明，这是我第一次看到这么繁华的灯光。跟随人流出了火车站，我们找到了一座过街天桥，大家在桥下面展开行李准备睡觉。突然有一个比我大两岁的男孩说："我觉得不如在家里大床上睡觉舒服。"一句天真又可笑的大实话勾起了大人们的一阵心酸。

第二天清晨，领队说我在这看护行李，你们分头去讨点吃的吧。万事开头难，讨饭更是如此，刚开始拉不下面皮，张不开口，不知如何讨要。母亲带我走进一户人家，那家人以为来了亲戚，打量着我们问从哪里来？母亲忙介绍说，我们是江苏徐州的，家乡遭了水灾，到你们这里讨口饭吃。那家人说，听说你们那边受了灾，最近过来逃荒的人不少。有一分容易，谁出远门来逃荒呢！说着就给盛了一碗粥，还给了一个玉米面窝头。我们就这样挨户敲门讨要，各家多少都给一点，态度还算和善，我和母亲的心情也逐渐平复下来了。

为了谋生方便，我们一行人从洛阳开始分手了。几个青年人留在城区找点杂活干，后来听说是"拉脚"，就是帮人推车拉货。没有劳动能力的妇女儿童只能去乡下讨饭。我们出城往南走，过了龙门大桥有个叫"豆村"（音）的地方，旁边有个废弃的砖瓦窑场，转盘窑很大，我们就在窑洞里安顿下来了，白天外出讨饭吃，晚上回窑里住宿。在这里住了十多天的时间，不知什么原因，我身上长出了许多红色的痘痘。母亲认为是窑洞里潮湿引起的，不敢再住，便带我到附近村庄找了一户人家的碾坊住下。又过了一段时间，身上的红痘非但不好，反而鼓起了一个一个的水泡，痒得厉害。母亲带我到当地医院看过两次，虽然照顾灾民不用花钱，但效果不大。母亲心里很害怕，决定带我返乡治疗。就这样，第一次外出讨饭一个多月的时间结束了。

经过半个月左右的治疗，我身上的水泡逐渐消退。

母亲决定再次带我外出讨饭，给家里省一点口粮。经过多方打听，联系上了我的表舅一家，他们是安徽萧县人，1958 年挨饿时外逃，落脚在河南济源县的一个乡村，在那里已经生活了五六年的时间，投奔他们可以有所依靠。父亲对我们母子远行不放心，商请我二伯父带着两个孩子同行。

按照表舅来信所写的地址和路线，我们一行五人仍从黄口扒火车至洛阳，再徒步北上渡黄河去济源方向。从洛阳到黄河渡口还有很长一段路程，我们人生地不熟，行进非常困难。幸好遇见一个卖柿子的中年男子，他的家就住在渡口旁边的村庄。真是天无绝人之路啊！伯父跟那人说了很多好话，并帮他拉着板车，我们方才一块同行。天很黑的时候，现在想来应该是晚上九十点钟的样子，我们到了卖柿子人居住的村庄。伯父提出到他家讨碗水喝，并请他安排个休息的地方，那人怎么也不答应，理由是他是光棍，跟哥嫂生活，怕嫂子责怪。我们不便再哀求他，在村头土丘上找了个废弃的窑洞将就了一个晚上。第二天早上，我们到村北渡口，等到了一艘木帆船，船上有许多老百姓，有的还牵着猪羊等家畜。船行很慢，不太宽的水面用了一个多小时才到对岸。过了黄河风景大不一样，沿途都是黄土高坡，沟壑纵横，人烟稀少，但民风淳朴，对人热情。一天晚上，我们投宿在一个村子的学校里，老百姓自发地给我们送吃的，还围上来跟我们聊天。我们边赶路边讨饭吃，大约又走了两天的路程才到达目的地。表舅家里五口人，住在山里面，用石头搭造的房子。见面后母亲与表舅和舅妈抱头痛哭，相互诉说这些年的苦难经历及相思之情。表舅家的房子很小，容纳不下这么多人。吃过饭表哥送我们下山寻找住处，先是住在马河村的一个小庙里，当地人称做"牛王庙"。时间不太长，我们就搬进一家村民新建的三间瓦房里，这是人家为儿子准备的婚房。这家人的儿子叫根红，至今我还记得他的名字。

我们在马河村住了三个多月的时间，转眼春节将至，大人们忙着收拾东西准备回家过年。在返程的路上发生了一件惊险的事情，让我记忆特别深刻。

经过了解，我们返程已不再走原路，而是步行到焦作市乘火车更便当一些。表哥借了一辆平板车送我们去火车站，车上装满了行李物品。因我年龄小，特殊照顾，躺在行李车的上面。大人们拉着板车连夜赶路，途中经过一条很宽的大河，水流湍急。河上有一座木桥，因年久失修，桥面木板有的腐烂脱落。平板车行至木桥中间，突然一侧车轮陷了进去，车身侧翻。这时我躺在车上已经睡得迷迷糊糊，两条腿甩到了桥边的护栏上，幸好两只手抓住了车上捆绑行李的绳子才没有掉进河里。因为这件事情我受到惊吓，生了一场大病。母亲经常说我两次外出都不顺利，命是捡回来的。

1963 年的一场自然灾害，在人生的旅途中虽然是短暂的，留给我的记忆却是终生的。参加工作以后尤其是当上领导干部以后，我经常想起那段时间的情景，告诫自己要向焦裕禄学习，时刻把人民群众的冷暖放在心头。每当我遇到困难的时候，总是想再苦再累的工作，还有比焦裕禄当年战风沙、抗洪水、改造盐碱地更难的事吗？

我在徐州市委工作时，有一次到山西出差，顺路到马河村去了一次，那里的环境发生了很大变化。当

年的牛王庙没有了，农民住的窑洞没有了，村子前边
清澈的溪流和柿子树都没有了。西边的山坡上建起了
一排排二层楼房，都是农民的住宅。生活变好了，记
忆中的东西已经找不到了。

马河村纪事

岁月能够磨灭人生的一些痕迹，但是留在记忆深处那些曾经触动过你、感动过你、激动过你，让你刻骨铭心的人和事，却会随着时间的河流不断沉淀，让你越发难以忘记，甚至可以影响你一生的为人处世。1963 年，因家乡水灾，我跟随母亲外出逃荒经历的一件事，就让我常常回忆。

那一年，我们逃荒到了一个叫马河村的地方。刚开始住在一座破旧的小庙里，当地人称做"牛王庙"。时间不太长，经表舅张罗，当地一家村民把我们安排到一座新建的三间瓦房里。那是一座粉墙黛瓦的房子，屋里四面墙刷得雪白，阳光透射进来，明晃晃的照得我眼睛睁不开。在小庙里睡了多天草铺，看见木板床，我高兴地在上边蹦了几下，打了个滚。我问母亲，这是咱们的新家吗？母亲沉默了一会儿，眼眶潮湿了。她像是回答我，又像是自言自语地说，家，是家呀！现在回想起来，母亲当时说出的那几个字，字字重千钧。她既是对有了一个安身之处的宽慰，又是对房主人的感恩，同时也是给我的一个教导，让我记住天下一家这个古训。母亲一直到晚年，还念念不忘这户人家，说他们是在我们遇到困难的时候，向我们张开了温暖的怀抱。母亲说，滴水之恩，涌泉相报。你有机会别忘了去看看人家，谢谢人家……

长大后，我才从母亲嘴里知道，那所房子是人家为儿子准备的婚房。我的感激之情更加浓重。要知道，婚房借给外乡来逃荒的人住，没有一颗善良的心，没有大爱，是根本不可能做到的。

事实上，这里成了我们在外乡临时的家，让我享受到了家的温暖。住下以后，表舅和房子的主人忙里忙外帮我们置办了锅灶，不便外出讨饭的时候，还可以自己做点吃的。更重要的是再也不要住在山神庙那种阴暗、潮湿的地方，晚上可以睡个安稳觉了。渐渐地，我和房子主人家的孩子以及村里年龄相仿的孩子混熟了，成了好伙伴。他们不嫌弃我是外乡的孩子、逃荒的孩子，有的拿刚出锅还冒着热气的窝头给我吃，有的把家中的连环画拿给我看，平时还叫上我一起玩游戏。有一回，当地一个叫柱子的男孩欺负我，用手指着我的鼻子大声唱："小讨吃，讨饭吃，捡只尾巴烤着吃。"我感到羞辱，跟他发生了争吵，其他几个孩子都站在我这一边而指责他。他恼羞成怒地说，他是外乡的孩子，你们怎么偏向他？！我们房主的儿子理直气壮地说，他是我的邻居，我的兄弟！一句话，让我感动地流下眼泪。

马河还有一位善良的大妈，她的丈夫在当地公路管理站上班，一个女儿刚刚分配到镇上的小学教书，只有一个人在家，没事时常来住处找我母亲说说话。一天她委托一位阿姨找母亲商量，说大妈家生活条件好，人很善良，能不能把我交给她抚养，会让我受到最好的教育。母亲婉言谢绝了她的好意，并请阿姨转告，我们家的困难是暂时的，回去后明年就让孩子上学。几天后，大妈专门来向我母亲作了解释，说她并无其他意思，实在是太喜欢这个孩子了。在马河村那一段日子，我暂时忘记了身处异乡。到了晚年，每每回忆起来，我心里就充满了温馨和温暖。

不久，家乡又有一些亲邻闻信投奔而来。大家都是因生活所迫相聚在异乡，母亲对所有来人都很热情，异地谋生，相互帮助，就像一个和睦的大家庭。马河村的人们也没有把我们当成外乡人，而是千方百计省吃俭用，热情地帮助我们。

这一次，我们在济源县承留公社的马河村生活了三四个月的时间。由于表舅一家的照顾，当地村民很友善，加之乡邻乡亲做伴，日子过得比较顺利。

我们房主那家人的儿子叫根红，至今我还记得他的名字和他亲切的音容笑貌。

在马河村生活短暂的几个月时间，我亲身感受到了中华民族善良的传统美德的力量。人的一生总会有曲折和困难的时候，当别人遇到困难时，你力所能及提供些帮助，哪怕是微不足道的一点点，也会让人感到温暖。长大后，无论在什么工作岗位上，我始终坚持与人为善、以德待人。

换粮

　　走在街上常常闻到烤红芋的香味，就会勾起我对小时候的回忆。那时农村粮食产量低，小麦亩产只有一二百斤，生产队除了上缴公粮，每年人均只能分到二三十斤麦子，只有逢年过节才舍得吃上一顿白面，一年到头都把红芋当主粮。红芋产量高，可以水煮鲜食，也可切片晒干磨成面粉，蒸出的窝窝头黑中透亮，虽然能饱腹活命，但口感差，吃多了会胀肚子并大量分泌胃酸。长期吃红芋年轻人还能扛得住，我的爷爷奶奶和姥姥都是高龄老人怎么受得了呢？虽然父母亲千方百计调剂生活，尽量让老人吃得好些，无奈手中无粮心里发慌。

1969 年的夏季，有人从南方来，说是安徽滁州一带可以用我们自家织的粗布换来小麦，因为那里的耕作方式是稻麦轮作，人们喜吃米而不善面食，小麦相对便宜；另一方面的原因是布票紧俏，当地百姓不善织布，我们的粗布在那里大受欢迎。这确实是个好消息，我的母亲纺线织布在全村是最好的，不但织白布，还能通过染线织出各种花色的布。父亲进一步打听消息，确实有人行动较快，已经换来了小麦，于是找人商量去滁州以布换麦的事情。经过几天的酝酿和准备工作，联合了五六个人一块同行。正好是暑假期间，我也要求去跟父亲做个帮手，父亲觉得我年纪小不放心，我说 1963 年更小，不也外出逃荒了吗？同行的人说火车上检查很严，年龄小反而不被注意，一块去也好。父亲还是同意了。

大家把所携带布匹围在腰间，做一些伪装，从黄口火车站乘夜色偷偷扒火车去滁州。谁知出师不利，火车行至一个叫水家湖的小站，我们被检查人员赶了下来，一个十几岁的小伙子，凶巴巴地把我们关在一间屋子里训话，幸好没有把布匹搜走。同行者中有人几次试着逃走都被他赶了回来，还用竹片抽打。我们在车站被关了一夜，熬到第二天凌晨趁无人值守逃了出来，寻机再次扒车去了滁州。

到滁州以后同行的人就分开了，各自走村串户以布换粮。事情进行得比较顺利，我们家的布当地人都很喜欢，别人一尺布能换二斤麦子，我们的布可以换二斤多一点。我和父亲用了不到两天时间就把布换完了，总共换了七八十斤麦子，够我们家几位老人掺和点黑面吃一阵子的。还记得我们走到一个村子的时候，远远地可以看到南京长江大桥。我从来没有去过南京，在小学课本里读过长江大桥，在心目中非常神圣。我问父亲能不能去看一看，父亲劝我说望山跑死马，看似很近，实际上很远，等你长大以后有机会再去吧。我很失望地和父亲一道背着换来的麦子向火车站方向走去。

滁州火车站管理很严，月台上一些手持红白棍的人来回走动，看到可疑人员就驱赶，白天根本不敢靠近。车站旁边有一块菜田，茄子棵长得很高，是天然的青纱帐。等到天黑时分我们钻进去，看到里边已经有人在等车，真是英雄所见略同，大家心照不宣，所有的眼睛盯着车站期待火车来。不知等了多少时间，我居然趴在麦子口袋上睡着了。正在迷糊的时候，突然听到有人喊快跑！接着是跑步的声音。我睁开眼睛，两个拿红白棍的人用手电筒照我，可能觉得是个小孩，不值得动手就离开了。我赶紧爬起来，扛着粮食朝刚才有人跑动的方向追去。走进一个巷子，里边躲藏着不少人，有像我们一样换粮食的，也有做生意的。我的父亲正跑回来找我，看到他眼里噙着泪水，我故意笑着说睡着了。接近凌晨时分，终于有一列绿皮客车（我们那时叫票车）停靠站台，待它开始启动的时候我们冲了上去，这时车门已经关闭，我和父亲只有坐在车门外的踏步板上。

这是我一生中最危险的一次旅行，也是终生难忘的经历！恐怕世界上没有几个人像我们这样乘坐火车的。当列车驶出站后，速度越来越快，冷风呼啸，飞沙走石，尽管是夏季的凌晨，我们还是瑟瑟发抖，不断有风卷的沙石打在脸上疼痛难忍。我们把粮食坐在屁股下边，父亲一只手紧抓左边扶手，一只手揽住我的腰。我一手握住右边扶手，一手挽着父亲的胳膊。行进途中隐约听到车内有人说，门外坐着一个老汉和一个孩子，太危险了，能不能让他们进来。这是同情的声音，虽有些许安慰但没有解决问题。我们父子俩胆战心惊，咬牙坚持着，终于到了蚌埠车站，火车停稳后车门打开，乘务员把我们叫进车内，进行了一番安全教育，并没有赶我们下车，蹲坐在车门内侧的过道上，终于到达了我们预定下车的黄口车站。

换粮那年我13岁，还不懂得太多道理，一心只想帮助家里做些事情，尽量减轻家庭负担。现在看贫穷也是一种财富，可以磨炼意志，塑造品德。正所谓"艰难困苦，玉汝于成"吧。

卖黄盆

现在的年轻人不知道什么叫黄盆，因为人们的生活中已见不到这种东西了。其实黄盆就是做饭时用来和面的盆子，也叫和面盆，是 20 世纪 80 年代之前我们家乡一带普遍使用的生活必需品。制作黄盆的工艺不复杂，用黏泥制坯，涂上黄色的釉子，放在土窑内烧制而成。农村人用黄盆要到集市上购买，也有拉板车溜乡卖的，价格不贵，根据尺寸大小，大约在一元钱左右买一只。

1975 年暑假我高中毕业了，那时还没有恢复高考，也没有其他就业渠道，知识改变命运的愿望成了泡影，农家子弟只能回乡当农民，失落与绝望的情绪常常笼罩在心头。农村与学校生活有很大的落差，初回村里有很多的不适应。农村家族矛盾与派性斗争非常复杂，使我这个刚走出校门的人很难融入，日子过得非常苦闷。我有个比我大十几岁的姐姐，嫁在邻近村镇，知道我精神压力大，十分心疼，专程来做我的工作。姐说她们村有个黄盆窑，不少人从那里批发黄盆去卖，一只能赚二三角钱，建议我去那里拉黄盆卖。父母也说不在意赚钱，出去换个环境。我明白他们的好意，怕我待在家里憋出病来。

姐夫是个厚道人，在大队里做点事，有一定威信，批发黄盆可以先赊账，卖完以后再付款。刚开始我没有经验，什么都不会干，窑厂里的人帮我装车，因为是易碎品，装车需要技术，必须把绳子编成"十字花"捆绑牢固，盆子之间不能相互碰撞，拉车走路不会发出响声。一辆平板车一次大约可以装 20 套，每套 3 只，这样一车可拉 60 只左右。头一天傍晚把车子装好，第二天带上干粮六点钟左右出发。

为避世俗纷扰，脑子一热走出来才知道，做生意绝非易事，尽管你不怕吃苦，不怕挨饿受累，但最困难的是抹不开脸面，张不开口。溜乡卖货不会吆喝，不敢叫卖怎么聚人气？半天下来我想了个办法：不动嘴、多跑腿，看哪里人多就拉车往哪里跑。那个年代还是以生产队为基础的集体经济，社员们都是统一出工，集中劳动。田间地头，场边社院往往是人员多的地方，我就拉着板车找这些地方去卖。这一招很奏效，人们看到一个学生模样的人拉板车售货，就主动围拢上来了解情况，我就把盆子的质量和价格介绍给他们。农村人朴实，有同情心，当然也是生活需要，便纷纷购买。这样一天跑三四个地方，一车盆就能基本卖完。十多天的时间，周围比较近的村庄基本跑完了，需要到更远的地方去卖，这就意味着需要跑更多的路，吃更多的苦，有时还要在外地住宿。最令我难忘的一次是去安徽境内。姐姐家毗邻黄河故道，故道以北是江苏省，以南属安徽省。我的姥姥家和姑母家都在故道之南，分别属萧县和砀山县，小时候经常走亲戚，地理环境相对熟悉，想着到那一带碰碰运气。谁知这一趟却不顺利。一方面是因为黄河故道区域村庄稀少，人口密度不大；另一方面是有的村庄不敢去，怕遇见熟人，因此只好拉着车子一直往南走。八九月份的天气，上午的太阳越来越毒，酷暑难耐，汗流不止，走一段路就需要找有井水的地方饮水解渴，时至中午才到了砀山县的唐寨镇。镇子很大，人也很多，街面上摆摊卖盆的商户有好多家，我拉来的黄盆无人问津，只好吃口干粮稍作休息，拉着板车继续往南走。

唐寨镇南大约三四公里，是著名的交通大动脉陇海铁路，旁边有一小站叫文庄火车站。我从这里穿过铁路，已是下午三点多钟，再往前走感到离家渐远，身体疲惫，环境陌生，心境悲凉，眼睛有热辣酸楚的感觉。这时候看到不远处的农田里有一群人正在劳动，我便寻路赶了过去。正在锄地的有二三十人，纷纷围拢过来与我攀谈。特殊环境下人的情感是容易拉近的，他们看我不像生意人，天热路远，非常不容易，都报以同情，纷纷掏钱购买，一车盆这一处就卖了大半。看看天色已晚，还有一些盆子没卖掉，当晚无法赶回去了。我拉车向附近的村庄走去，准备找个投宿的地方。

那个年代，每个生产队都有专门饲养牲畜的地方，旁边会有储藏草料或农具的简易房子，老百姓称之为"草屋"或"车屋"。我到喂牛的场院，见到一位五十多岁的饲养员，向他提出了投宿的要求。老人家态度和蔼，问了一些情况，不但同意我留宿，而且主动提出帮我把剩余的黄盆卖掉。这位大爷很有威望，带我逐户派购，很快把剩余的盆子卖光了。吃晚饭的时候，老人把我带到自己家里，让老伴帮我把干粮馏得软软的，还给我盛了一大碗米汤。我美美地吃了一顿饱饭，心里暖暖的，万分感激纯朴善良的老人。几十年过去了，我脑海里经常会浮现出这位老人的形象，可惜的是当时没有问清老人的姓名，甚至连这个村庄的名字也不知道。那个时候虽然还贫穷，但社会风气很好。人与人之间相互帮助形成良好的风尚。如果你遇到困难的时候，会有一双手伸向你，给你温暖，给你力量。

夏日农村的夜晚非常宁静，我躺在堆放饲草的棚屋里，望着棚顶透进的斑驳星光，怎么也不能入睡。村子里不时传来几声狗叫，旁边槽头的老牛不停发出粗笨的反刍声。尽管一身疲劳，我的头脑还是不停地运转，各种念头像电影一样不断闪现，模糊间突然跳出老本家李白的一首词："平林漠漠烟如织，寒山一带伤心碧。暝色入高楼，有人楼上愁。玉阶空伫立，宿鸟归飞急。何处是归程？长亭更短亭。"是呀！我还20岁不到，人生的路很长，归程会在哪里呀！

迷迷糊糊中听到了鸡叫，睁开眼已经天亮。我起身告别了喂牛的老伯，踏上了返回的路程。

挖河

"水利是农业的命脉",毛泽东同志很早就作出了这样英明的论断。现在我国农业连年丰收,与新中国成立之后高度重视水利建设是分不开的。经过多年艰苦奋斗,许多地方建成了旱涝保收的丰产田,中国人的饭碗牢牢端在了自己手里。现在搞水利工程都是机械化施工,节省人力物力,难度小了许多。20世纪80年代之前,生产力水平低下,挖河打坝靠的是人海战术,土方工程都是肩挑人抬车子拉,条件非常艰苦。

我的老家丰县是缺水地区,县域内没有水源,农田灌溉和人畜饮水经常出现困难。县里规划建设一条复新河引水工程，引微山湖水入丰。这条河宽约100多米，是一项比较大的水利工程，历经多年，举全县之力，每年组织数万民工搞会战。秋收秋种结束，即将进入冬季，田间农活渐少，就到了组织劳力上河工的时候。当时学大寨、学习红旗渠精神，提出的口号是"变冬闲为冬忙，打好水利攻坚战"。国家恢复高考制度之前，我回乡务农期间曾四次参与开挖水利工程，其中三次是挖复新河，亲身体验了困难时期水利建设的苦和累。

水利工地上的生活环境之苦，现在的年轻人是想象不到的。复新河工地在县城北，距我们村有30多公里，来回奔波耽误时间，所以必须食宿在工地上。住的地方是在工地旁临时搭建的半地下窝棚，又称地屋子，里面铺上一层麦草，晚上二十多个民工挤在一起睡觉。窝棚里不但潮湿，时间久了就会生出虱子或跳蚤，身上常被咬出红色的斑点。伙食上能吃饱肚子，就是油水少了些。第一年吃的是玉米面，后两年就吃白面了，多数时候是馒头蘸辣椒酱，领导来工地慰问时可以改善一下生活。最难忍受的是没有条件洗澡和理发，刷牙的水也要到离工地很远的村子去挑。晨起上工不洗脸，早饭前好多人用一盆水洗洗手，擦一下脸。一个多月下来身上就像结了一层厚厚的痂，只有工程结束回家过年时，路过县城洗一次澡。

挖河也是农村劳动强度最大、最累的活。特别这种大型水利工程，对民工实行半军事化管理，每天凌晨五点多钟，工程指挥部吹起床号，天不亮就到了工地，下午要到天黑才能收工。冬季挖河，天寒地冻，头一天挖开的新土，一夜之间又形成很厚的冻土层，必须用铁镐才能刨开。我们挖河时已不用肩挑人抬了，拉河泥的工具主要是平板车。100多米宽的河道两面翻土，边挖河边筑堤，做到河成堤起，随着河道不断挖深，河坡变陡，一车河泥需五六个人齐心协力才能拉上堤去。像这样每天挖土几十车，来回奔跑上百趟，年轻力壮的小伙子也常常累得腿疼腰酸。工地上最苦最累的活要数捞垄沟了。所谓垄沟，就是当河道挖到一定深度时，会有地下水冒出来，影响施工，必须在河底中心处先挖一条深沟降渍排水。随着工程进展，

丰县复新河丰城闸

降水沟需不断深挖才能把水控干。寒冷的冬天，垄沟里的水结成厚厚的冰，隔几天就要组织人跳进去破冰捞河泥。冰水刺骨，河泥稀薄，当时也没有什么防护措施，干起来既受罪又吃力。我干的最后一期河工是1978年春季，因为本期工程春节前没有干完，过完年上工接着干，一直到3月底完工。回来后家里人劝我复习考学，我才找人借课本复习了两个月，7月参加高考并被高校录取，从此离开了生活二十多年的农村。

上大学期间每逢寒暑假回家，参加工作以后每到节假日回家，我都要到我曾经出过力、流过汗的大河边上、田间地头走一走、看一看。不知为什么，每次眼前都会出现当年挖河工地上热火朝天、人欢马叫的场景，而且都会有新的收获、新的启迪、新的感想。

那确实是一个艰苦奋斗、无私奉献的年代，挖河这么又苦又累的活，民工们不讲条件，也没有特别的报酬，就像干其他农活一样拿到每天该拿的工分，年终决算的时候一个工分五分钱，真正兑现到手里就心满意足了。正是这样一代又一代人的无私奉献，为我国的水利建设奠定了坚实的基础，无论我们现在的水利工程和设施多么现代化，都离不开这个基础。现在丰县发展很快，城区面积扩大了很多，复新河成了一条穿城而过的景观河，两岸的房价都比别处高。我曾经挖过的大沙河、子午河也都建成了美丽的旅游观光带，每当我回老家路过这些地方，心里都有一种暖洋洋的感觉，特别的安慰，因为这些地方有我洒过的汗水，作出的一点点贡献。

求学之路

进入 6 月份，又到了临近高考的日子。为了迎考，政府开会部署，有关部门做足了准备，家长们更是费尽了心机，全社会都在为考生奔忙。此情此景不由回想起自己当年上学的那些事，真是有万千感慨，说出来现在的孩子也未必理解。

我出生的时候新中国成立不久，抗美援朝刚结束三年，加上连年自然灾害，人民生活十分困难。我的老家在偏僻的农村，日子就更苦了，吃饭穿衣问题都难以解决，更谈不上培养子女读书。有的家庭省吃俭用把孩子送进学校，仅仅是为了认识几个字，能写自己的名字而已。我们家算是重视教育的，爷爷在新中国成立前读过私塾，在家乡一带是有文化的人，很受人尊重。父亲是兄弟三人中唯一上过学的人，新中国成立初期还当过乡里的会计。我这一辈姐弟三人，父母千方百计都想让我们读书，无奈因生活及环境所迫，姐姐只读了小学就辍学了。哥哥小学毕业后到距家十多里远的镇子上了一所农业中学。

作者（左后一）上小学时与同学留影

1963 年我已经 7 岁了，本来该上小学的，但是遇到了特大洪涝灾害，庄稼颗粒无收，国家下拨的救济粮不够吃，村子里很多人都外出讨饭了。我们家的情况是，哥哥正上小学不忍心辍学，父亲要照顾年迈的爷爷奶奶，只有母亲带着我外出讨饭去了。第二年光景有所好转，我入学时已经8周岁了。学校在距家三里多路的张花楼村，周围十几个村庄只有这一所小学。学校非常简陋，围墙是泥土垒的，有的地方倒塌，已很不完整。两排教室也很破旧，所谓课桌是在土墩上搭的木板，凳子需要自己从家里带。由于学生人数不多，老师也很有限，把高年级与低年级合在一个教室上课，叫"复式班"，讲课和做作业轮流进行。农村小学的作息时间必须与生产队上班时间保持一致，分为早、中、下三晌。这样我们上学每天来回要跑六趟，有时家里做饭不及时，不等吃饭就要往学校赶。夏季还好过，冬季天短夜长，早晨到校和晚上放学都是两头见星星。那时候冬天特别冷，又缺少御寒衣物，脸上、手上和脚上常常长满冻疮。条件虽然艰苦，我们学习却都很认真自觉，不需要家人督促，无论严寒酷暑还是刮风下雨，从不迟到或旷课。从一年级开始，我一直在班里担任班长。

小学三年级之前学习还是很正规的，1966年开始了"文化大革命"，我们这偏僻的村小也被卷入其中。刚开始只是游行，呼喊口号，逐渐发展到成立各种红卫兵组织，张贴大字报，召开老师的批斗会。不少学生不愿上课，一些老师也很难安心授课。正常的教学秩序被打乱了。后来学制要缩短，教育要革命，小学由原本六年制改成了五年，在闹哄哄的环境中结束了五年的小学阶段。

为了缩短学制，教育部门发明了"小学戴帽"，就是五年小学毕业之后接着再读二年算初中毕业。我就是这样升入初中的。虽然是中学了，但基本没有什么变化，学校还是那么破旧，老师还是那些老师，一些初中课程无法开设，有些课即便开了，老师也是现学现卖，教学中经常闹出笑话。比如，讲物理课的老师不知道什么叫"日光灯"，居然给学生解释成白天亮黑天不亮的灯。两年初中基本还是语文、数学和政治几门课，其他的多是愿学的同学找点书来自学，学习不主动的也就这样一天一天地混到了毕业。

我上高中的事情既有周折，也很幸运。当时丰县城南的十几个乡镇（当时叫公社）只有三所高中，客观上僧多粥少，竞争激烈，更重要的是升学政策一直是考试与推荐选拔相结合。谁都知道考试只是参考，推荐才是关键。所谓推荐实际上是领导审批，各级官员说了算。因此，在升学考试之前各种拉关系"走后门"、请客送礼的活动就开始了，一些有门路的同学信心满满、跃跃欲试。我们家没有当官的，也没有门路，只能听天由命。记得考试是以公社为单位设考场，我们被集中在岳庄公社中心校参加考试的，主要考语文、数学、政治等科目，外语算测试只作参考。作文题是监考老师用粉笔写在黑板上的，每人发给两张大白纸作为试卷。据说原本有试卷的，因为泄露了题目不能再用，临时变了一下，作文题由"大寨红花丰县开"改为"在农业学大寨的运动中"。考试结束之后有门路的人继续活动，我们这些没有门路的人心灰意冷，就像正在赶路的人突然无路可走，心情迷茫，前途黯淡无光。悲观无助的情况下，我又来到曾经就读的学校，见到了多次教过我的王守森老师，向他吐露心中的苦闷。王老师是南京人，耿直刚正，对我报以同情，劝我不要难过，并说前几天去县教育局办事，听说今年高中招生的政策可能有变化，主要按成绩录取，你或许有希望的。虽然知道老师在宽慰我，心里还是透进了一丝温暖。

春节临近了，大家都忙着过年。父亲编了一些果筐要到公社果品公司去卖。我约了堂哥三人拉一辆板车同行，走到大沙河遇见在中心校教学的一个本家，他女儿和我是初中同班同学，彼此都很熟悉。见面打了个招呼，他告诉我们公社发榜了，贴在供销社门口。我问他女儿录取没有？他摇摇头，其他人的情况他也没在意。到果品公司验收完果筐，还要到果品仓库交货，中间有一段路程。父亲说我和你哥去仓库送筐，你去看看榜吧。虽说没抱希望，内心还是有期待的。供销社门前聚集了很多人，墙上贴着用大红纸抄写的"宋楼高中招生录取榜"，在竖排第一行第四个就是我的名字，赶紧掏出准考证对了一下号码确认无误，我的脑了有点发蒙，身体像驾云一样头重脚轻地坐在了地上。待情绪稳定后我再仔细看了一遍榜单，我们大队这所小学戴帽初中班，三十五名同学总共被录取了三人。

到宋楼高中报到入学是 1973 年春季，本届共招收四个班 200 名左右的学生，生源主要来自宋楼、果园、李寨、刘王楼四个公社，还有少数其他地方人，可能是关系户。我第一次感受到这么好的学习环境，校园规模较大，教室是青砖黛瓦的平房，以回廊连接，感觉很气派。每个教室都装有日光灯，晚自习可到 10 点，告别了点煤油灯读书的日子。虽然食宿条件依然不好，需要自带黑面蒸窝窝头，喝清水煮白菜的汤，每月交 1.5 元的搭火费，20 多人挤在一间大屋里睡觉，但并未觉得艰苦，学习积极性高涨。各科老师意气风发，认为教育的春天来了。老师认真教，学生自觉学，这种局面持续了三个学期。

1974 年下半年风云突变，"不学 ABC 照样能种田"成为时髦的口号。为了落实教育与生产劳动相结合，学校把我们四个高中班划分成农技、卫生、机电、会计、理论五个专业班，学生选择什么坚持自愿与需要相结合。我当时在选择上非常迷茫，其他四个班都需要走出校门，到生产实践中去，实际上是停课，只有理论班还有课堂教学。我想读书，选择了理论班，还被学校委任为团支部书记。后来证明我的选择是正确的，马克思主义的三个来源与三大组成部分，以及毛主席的一些经典著作都是这段时间读的。从1973年的春季入学到1975年的暑假毕业，我在宋楼中学读了两年半高中，收获是很大的。毕业前翟仁夫校长拉着我的手说，你是我品学兼优的好学生，本想在校期间培养你入党，无奈我们与宋楼卫生院是一个党支部，开会难，统一思想也难，把你交给地方党组织继续培养吧，相信你将来会有前途的。老校长的话令我热泪盈眶，哪知道地方上的事情远比学校还要复杂得多。我鞠躬告别了校长，也告别了整个中学时代，这一年我已19岁，回乡成了一名真正的农民。

在农村劳动的三年里，还是人民公社体制下的集体经济，还是以阶级斗争为纲的政治氛围，家族矛盾和"文革"的派别斗争的相互缠绕令人窒息。我无力改变别的，只有在拼命劳动中改变自己，挖河打坝、摇耧撒种，所有的农活我都做过，世间百态、人情冷暖也都经历了，理性上知道读大学无望，潜意识中泯灭不了求知的火苗。1977年秋收秋种结束之后，我随民工队伍上了河工，在水利工地突然听到大学考试招生的消息，既兴奋，也将信将疑，但无论如何是个好消息。我请假回到家里，经了解情况属实，复习的书箱尚未找齐就报名进了考场，仓促之下自然是名落孙山。我虽然没有考上，但内心充满希望，毕竟国家改革了招生制度，允许公平竞争了。

1978年春节过后，我再次去了复新河水利工地，那个年代还是要靠工分吃饭的。工程结束已是3月下旬，通过伯父家的哥哥介绍，我到毗邻的安徽省砀山县唐寨中学复习了一个多月。其间我代表该校参加了砀山县组织的全县中学生作文竞赛，在参赛的数百名学生中取得了第八名成绩。校长组织全校毕业班集会，让我介绍写好作文的体会，对我是很大的鼓舞，增强了参加高考的信心。1978年的高考改在了夏季，仅比上届晚了一个学期，且由全国统一命题，难度还是很大的。恢复高考制度的前两年，国家在政策上对"文革"十年积压的学子们给予了极大的拯救和补偿，允许老三届、新三届和应届毕业生一起走进考场，年龄悬殊达二十几岁，许多考生已是几个孩子的父亲，这是中国历史上极为特殊的现象。

我参加考试的考场在丰县李寨中学，距我们家十多里路，没有送考老师，没有家长陪同。我自带干粮，在姐姐家找了一张席子，和许多不认识的考生挤在一间大屋里打地铺睡觉。两天时间考五门课程，除了数学和地理的计算题有一定难度，其他科目都很顺利。考试时的注意力高度集中，记得一天上午下暴雨，考试结束走出考场雨水已没膝却全然不知。

两个月的努力复习没有白费，这一年我被徐州师范学院中文系录取。"山重水复疑无路，柳暗花明又一村"，个人的前途命运永远是与国家联系在一起的，二十二年的人生之路开始转变轨道，根本上是党和国家结束了十年动乱，永远感谢党的改革开放政策，为我们这代人开启了实现人生价值的幸运之门。

团支部书记

我在丰县宋楼中学读高中时，曾经被学校委任为班级团支部书记。

开始，我不是十分情愿担任这个职务。不仅仅因为团支部书记比其他同学要多挤出一些时间组织团员和青年活动，更重要的是我对当时不断开展的政治运动不感兴趣。比如，开校领导和老师的批判会，你的发言不上纲上线吧，会说你觉悟不高，通不过；要是无限上纲上线吧，我总觉得心里过意不去。再说，作为团支部书记，在政治上表现必须突出，政治运动不带头就会授人以柄。翟仁夫校长看出了我的想法，找我谈了一次心。

翟校长是一位为人忠厚、做事踏实、治学有方的长者，在宋楼中学师生中口碑很好。他和我谈心时，不是以领导和长者的身份，一开口就训话、说教，而是很亲切、很诚恳，像朋友之间谈话一样，让我先把想法说出来。在翟校长这样一位平易近人的长者面前，我不感到拘束，像倒豆粒一样一五一十地把自己心里的顾虑都说了出来。他耐心地听我说完，微笑着对我说："荣启呀，你的想法我都理解和了解。但是，你也要体会学校对你的信任和期望。你品学兼优，在学生中有威信，有号召力、凝聚力，是团支部书记的最佳人选。至于你说的这些问题，我觉得都是可以解决的。"

他见我有些不解，又对我说："团的工作对你来说是一个新的领域，但你对它并不陌生。因为你作为一名团员，平时就和团员青年学习生活在一起。团员青年所思所想，你比我都了解，对吧？"

我点了点头。

翟校长接着说："有一些同学在学习上不积极不努

力，主要原因是觉得高中毕业后还得回村里劳动，不一定能推荐上大学。对吧？"

我又点了点头。其实，我自己也有这个想法。因为我们上中学那个年代，农村孩子上大学不是考试，而是要由贫下中农推荐。一个公社一年就那么几个名额，而且还得有关系"走后门"。所以，大多数同学感到前途渺茫，对学习兴趣不大、热情不高。

翟校长说："其实，我很理解这些同学的想法。但是，我认为因为有这种想法就不努力学习，是对自己、对家庭和对社会不负责任。你学的知识是自己的。对于一个人来说，知识越多，视野越宽，理解问题和分析问题、解决问题的能力越强，对社会的贡献也越大。"他停顿了一下又接着说："而且我相信，眼下这种上大学的政策会改变。"

"翟校长，您是说以后还会恢复高考吗？"我惊讶地问。

翟校长没有正面回答，笑着重复一句："反正，知识越多越好！"

多年以后，回想翟校长当时对我说的话，我从内心里对他充满敬仰和感激。同时，也深深地体会到，一个基层共产党员看问题的深刻，以及对党和国家前途命运的关心。

接下来，翟校长又结合自己多年的工作实践经验，针对如何激发和提高学生的学习热情，给我谈了一些方法。让我渐渐树立起做好团支部工作的信心。

最后，我提到了批判会，翟校长哈哈笑了。他这一笑，反倒让我觉得不可思议。翟校长拍拍我的肩膀，说："只要不搞无限上纲，不搞人身攻击，针对存在的问题，实事求是地批评、批判，我和其他老师都可以理解。我和其他老师不也经常批评学生吗？"

我说："那不一样。您和老师批评我们都是在教室里。"

翟校长说："那不就是换了一个场合吗？你放心，我也好，其他老师也罢，没那么娇贵。"他为了鼓励和安慰我，开玩笑说："如果开我的批判会，你就带头上台发言，什么'走资派''臭老九'等等，给我多戴几顶帽子，反正帽子多了不压人！"

我听了忍不住笑出了声。

担任团支部书记以后，我十分用心、用情、用功，当然自己在各个方面主动带头。翟校长和其他老师、团支部委员以及大多数团员青年都支持我的工作，让我们校团的工作有声有色。有一次，学校组织全体老师政治学习，翟校长要求我给老师们讲一次课。我无论如何不敢从命，自己的一点知识都是从老师那里学来的，怎敢在师长面前卖弄。翟校长劝我说，老师们教学是分专业的，对马克思主义理论也不是人人精通，你给老师讲一次算是交流，对你也是一次锻炼。在校

作者（右后二）丰县宋楼中学高二（3）班团干部1975年毕业留影

长的要求和劝说下，我接受了这个任务，效果很好，受到了老师们的夸赞。

　　翟校长还十分关心我的成长，教导我利用在理论班学习的机会，学习马克思主义的三个来源与三大组成部分，以及毛主席的一些经典著作。同时，还鼓励我申请入党，从各方面培养我。

我的高考

我先后参加两次高考。每次回想起来，心情都十分复杂，有时还禁不住热泪盈眶。

1975 年，也就是 19 岁那年，我告别了中学时代。记得离校的时候，老师和同学们都很激动，有不少同学流下了眼泪。后来，有高中的同学告诉我，当时之所以流泪，既有对老师同学、对高中阶段校园生活的依依不舍，也有对未来的茫然和隐忧。实话说，这也是我当时的心情。

当时农村实行的还是人民公社体制下的集体经

济。村子里的政治气氛相当浓重，沿街的墙壁上涂刷的都是与阶级斗争有关的标语，人与人之间相互提防，说话做事处处小心。生产队劳动"大呼隆"，生产效率低下，农民收入不高。我回到村子里，成了一名真正的农民。和许多那个时期回乡的农村青年一样，感觉读大学已经无望，虽然心有不甘，但又无力改变。只有在拼命劳动中改变自己，挖河打坝、摇耧撒种，所有的农活我都做过，世间百态、人情冷暖也都经历

作者（第三排左七）丰县宋楼中学高中理论班1975年毕业合影

了。实事求是地说，我当农民也是个很不错的农民，或者说是农业生产的"好把式"，无论哪种农活，我都得心应手，而且干得不比别人差。

不过，求知的火苗一直在我的心中燃烧。一有空闲，我就看书。田间劳动休息时，别的人三五成群围在一起打扑克或者聊天吹牛，我在一旁看书。很多"文革"前出版的"老书"被禁，而那些年出版的新书又很少，我也没钱买书，所以能找到什么书就看什么书，有时一本长篇小说被翻来覆去地看，书页都被翻破了。书中有的段落、主要人物的对话都能背下来。生产队里有的人嘲讽我："当农民看那么多书有什么用？庄稼活不用学，人家咋着咱咋着。""农民靠挣工分吃饭，读的书再多还能当饭吃……"我开始听了这些话，心里还生气，有时顶撞、反驳几句。后来，慢慢就习惯了。我认定，一个人多学点知识总没有坏处。

那个年代各地都在兴修水利，一般是在农忙结束之后。本大队的一些沟沟渠渠基本上是在平时修修整整，水利会战都是些大的河湖。这也是社会主义制度集中力量办大事的一个体现吧。到了农闲时出河工，上水利工地是硬任务。当时动员出工有句口号："上至八十三，下至手中搀，只要上级一声令下，都必须出工。"1977年秋收秋种结束之后，我按照生产队派工的要求，随民工队伍上了全县统一组织的大型水利工程，也就是复新河水利工地。

水利工地上不多远竖着一根杆子，上边绑着一只大喇叭，除了转播中央人民广播电台和省、地、县的节目外，还播出工地上的好人好事，有时也播放文艺作品。江苏省作协原主席赵本夫同志发表的第一篇小说《卖驴》，最先就是在县广播站连续播放的。有一天早晨，我和民工们一样正在窝棚外刷牙，中央人民广播电台新闻突然播出恢复高考、大学考试招生的消息。我开始不敢相信自己的耳朵，问了几个年轻人，他们有的说听到了这条新闻，和我一样感到兴奋，也有的说没听清楚，将信将疑，还有的因为对高考失去了信心，对这条新闻漠不关心。但无论如何，对我来说这都是个好消息。那一天我都沉浸在一种兴奋的状态中。国家恢复高考了，我可以凭考试上大学了！难道这不是应该高兴的事情吗？但是，到了晚上平静下来，我又犯难了：毕竟已经离开学校几年了，虽说平时没少看书，但都不是准备高考的书，如果报名参加高考，能不能考上呢？经过一个晚上的思考，我打算从水利工地请假回家，进一步了解恢复高考的情况是否属实，如若属实再深入了解高考报名、考试的相关要求。因为这之前几年上大学是由上级分配名额、贫下中农推荐的。当然，我最主要的还是想征求父母亲的意见。

父母亲对我想参加高考，想上大学全力支持。父亲说："国家有这样的好政策，你又有这样的想法，为啥不争取？"母亲说："打今儿起，家里的啥事你都不用管，一门心思考大学。"哥哥姐姐也都支持我参加高考。

然而，由于我没来得及复习，甚至连高考复习的书籍尚未找齐就报名进了考场，仓促之下自然是名落孙山。我的第一次高考就这样结束了。虽然没有考上，但是我的内心充满希望，毕竟国家改革了大学招生制度，允许公平竞争了。

父亲母亲和哥哥姐姐都安慰我，让我不要灰心，好好复习，明年再考。但是，那个年代还是要靠工分吃饭的，我不想为了高考专门在家复习而影响挣工分，打算一边在工地劳动，一边复习功课。所以1978年春节过后，我又随着浩浩荡荡的水利大军再次去了复新河水利工地。因挖河工劳动强度大，可拿双倍工分，带一辆平板车还可抵一个人领工分。两个月的河工，我已挣下正常劳动半年的工分。我上大学后听有的同学说，他在第一次高考落榜后就一直在高考复习班里学习，像我这样既怀着上大学的梦想，又脚踏实地在河工劳动，劳动之余复习功课的为数不多。

回想起来，水利工地紧张而又繁重的劳动之余复习功课，的确是十分艰苦。白天劳累一天，收工以后浑身像散了架一样，别人吃了饭就钻到被窝里躺下休息，我却躲在被窝里看书，复习功课。窝棚里住的人多，为了不影响别人休息，熄灯后我就用手电筒照着看。有几次，看着看着书就睡着了。第二天早晨醒来一看，手电的电池已经消耗尽了。有好几次下午收工后，我见夕阳尚留余光，就跑到离窝棚远一点背着风的地方去看书，到了书上的字看着模糊时才回去，工地食堂已经开过火，只能就着开水啃凉窝窝头。即使再苦，我上大学的梦想一刻也没泯灭。

我的父母也挂念着我高考的事。水利工程结束已是 3 月下旬，父亲通过伯父家的哥哥，介绍我到毗邻的安徽省砀山县唐寨中学复习。这时，离 1978 年的高考所剩时间不多了。因为 1978 年的高考改在了夏季，而且改为全国统一命题。每一位考生都知道比上一年的难度加大了，竞争更加激烈了。我一刻也不敢怠慢，全身心地投入到了高考复习之中。这期间，我代表该校参加了砀山县组织的全县中学生作文竞赛，在参赛的数百名学生中取得了第八名成绩。校长组织全校毕业班集会，让我介绍写好作文的体会，对我是很大的鼓舞，增强了我的信心。

现在的年轻人可能不太理解，你如果看过电视连续剧《大江大河》，剧中主人公宋运辉考大学的情景，就比较真实地反映了那个年代。多年以后，见到当年一起复习的同学，谈起当时的情景，无不感慨万分。

057

好事多磨

　　1978 年夏季高考结束后，我和很多考生一样心里七上八下、忐忑不安。考试结束了，成绩怎么样，能不能考上？心里没有底。村里有人问起，我只能笑笑。当时流行的一句话是："一颗红心，两种准备"，应该说有一定的道理。所谓两种准备，也就是两种打算。考上了，就去读大学；考不上，只能回家继续种地。我把自己关在屋里睡了两天觉，然后是漫长的等待。每天盼望着录取通知书的到来，精神上的煎熬无法用语言表述。有时听见自行车铃声，赶忙放下手中的活儿张望，看是不是邮递员来送大学的录取通知书了。有时遇见同年参加高考的熟人，我看看他、他看看我，都是欲言又止，生怕问了，对方回答已经收到录取通知书而自己没有收到，会难堪和失望。父亲和母亲等待我高考结果的心情比我还焦急。但是，他们又不好每天都问我，怕伤了我的自尊心。那时候，我就深深地理解到，每一个做父母的，从孩子生下来到长大成人，始终都在用心呵护着孩子，这种呵护实际上是在培养和锻炼孩子的自尊心。

夏种接着秋收，农活忙得很。既然高考已经结束，我不能总是在家里等待，还得参加农业生产劳动。所以，休息两天，我就下地干活了。那个时候，一个公社有一所邮电所，邮递员每天到村里来一趟送报送信。邮递员穿着一身绿色的衣服，戴着大檐帽，骑着自行车，在金黄色的田野上穿行，犹如一道流动的亮丽的风景，让我们很羡慕。那些天，我格外注意邮递员的到来。一般来说，公社邮电所的几个邮递员分片负责，有着规律性的路线图，除非风雹雨雪的天气临时变化，到哪个村子的时间相对固定。有一次，我在村口等到了邮递员，满面笑容给他打招呼。他问我有事吗？我犹豫了一会儿才问：有我的信吗？他摇摇头。第二天，我又在村口等他，又问了同一句话。他明白了我是在等高考录取通知书。他笑了笑，拍拍我的肩膀，鼓励我说："小伙子，别着急，有了你的通知书，我飞过来给你报喜！"

有一天在地里劳动时，听人家议论说邻村谁家的孩子考上了大学，已经收到学校的录取通知书。我听后既不敢相信，也不敢打听，只在心里着急。那个时候，我不知道各个学校的录取通知书寄出时间不一样，被录取的学生家庭住址有远有近，通知到达的时间也不一样。我心里想着，假如他们说的消息是真的，岂不说明我高考成绩不好，没有被录取吗？我当时的心情十分糟糕，无精打采，活也干不下去了。收工回到家里，我钻到房间里就躺下，望着屋顶发愣。就在这时，忽然听到院子里有人找我。"是来给我送大学录取通知书的吧？"我想着，一骨碌从床上爬起来，连鞋子也没来得及穿就跑了出去。当我看到来者是本家的一个侄子时，一下子泄了气，扑通一下坐在门槛上。这时母亲从屋里出来了，问他有事吗？他说，"学校老师让捎信，请二叔（指我）去拿录取通知书"。我听了，高兴地一下子跳起来，问他通知书在哪里？到哪里去取？他摇着头说不清楚，让我先到岳庄中学问一下。我觉得他说的有道理，因为我们家属于岳庄公社，可能是把通知书寄到了岳庄中学。我赶忙把自行车从屋里推出来。母亲这时已经高兴得热泪盈眶。她拿了一只没来得及蒸热的馒头塞到我手里，抹着眼泪说："反正是板上钉钉了，别急别急，路上小心点。"

我骑着自行车往岳庄中学跑去。一路上，我不时猜测着大学录取通知书的模样，想到自己的名字印在那张通知书上，心里就高兴，双脚就更加有力，感觉眼前的道路也越来越宽广。

我大汗淋漓地赶到岳庄中学。学校的老师告诉我说，他们得到的是宋楼中学传来的信息，因为我报考时毕业学校填的是宋楼中学，所以通知书寄到宋楼中学去了。我又马不停蹄赶到宋楼中学，亲爱的母校已变得非常陌生，又值暑假期间，各处找不到人。幸好有一个当年教初中的肖老师家住校园内，我到他家里找到了他。肖老师说通知书来到多日了，因不知你家庭住址而无法送达。他带领我到校值班室拿到了徐州师范学院的录取通知书。这是一张进入高等院校就读的准入证，也是改变人生前途命运的通行证。此时此刻我的心情是复杂的，拿着通知书的手在不停地颤抖！转身感谢并告别肖老师，在骑车回家的路上，脑海中的思绪放纵奔流。

难忘的风雪夜

　　我的哥哥小学毕业后，考上了当地的一所农业中学。我国是一个农业大国，党和政府一直比较重视农业，而重点培养农业技术人才的学校在当时也很"吃香"。对于农家子弟来说，上几年农校，毕业后当个农业技术员，也算是好事。

　　上学要自带口粮，一般来说，农村的孩子带的多是红薯面、玉米面窝窝头，学校食堂提供热汤就着吃。学校食堂也不是免费供应，学生要交"搭伙"费。顾名思义，"搭伙"就是大家掏腰包加入伙食团体，即由学校食堂做一大锅菜汤大家分享。听我哥哥说，有同学连一分钱一碗的菜汤也不舍得喝，而有的同学对食堂的菜汤有意见，说："勺子在碗里扎几个猛子也捞不着一片白菜叶子。"

哥哥在这所学校读书时曾发生过一件令人心酸的事情，至今记忆犹新。多年以后，偶然提起那件事，哥哥和我们还都会眼含热泪。

那一年冬天的雪特别大，路不好走。到周末了，父母亲和我都以为哥哥这个周末不会回来了。母亲感叹地说："这孩子一个人在学校，还不知能不能吃几顿热乎的……"说着说着，泪水就流了下来。

父亲安慰母亲说："'搭伙费'我已经给凑够了。他要是不回来，我哪天给他送过去。"

母亲说："这么大的雪，路不好走，你去不方便。"

父亲毫不犹豫地说："那总不能让孩子饿肚子上学。我去！就是天上下刀子也得去！"

父母对儿女的爱，真是爱到舍生忘死。

没想到，哥哥踏着厚厚的积雪回家来了。那个时候家里穷，想拿出一元钱都要积攒很长时间。所以，家里每次给哥哥的"搭伙"费只够一两个星期所用。他上次交的"搭伙费"已经到期，怕学校食堂催要，所以才冒雪回家来了。他走时，父亲把勉强凑够的一元五角钱给了他，没想到他在和同学返校的路上，一不小心把钱弄丢了。到了学校，一掏腰包，钱没有了，哥哥急得直流眼泪。他踏着厚厚的积雪，沿着去时的路寻找。他知道父母亲凑那一元五角钱不容易，同时，丢了那一元五角钱意味着自己将一个月不能"搭伙"，因而心里着急上火。一路上，他低着头，弯着腰，睁大了眼睛看。一看见雪里露出纸角片，就蹲下去用手挖出来看。可是，每一次都希望变成失望。一路上，他摔倒了好多次，跌跌撞撞，天很黑才回到家。父亲和母亲见哥哥又回来了，吃惊地问他是不是遇到什么事情？哥哥钱没有找到，但也不敢，更不忍心告诉家里人，只编了个谎说书忘记拿了。

当天晚上，哥哥一直翻来覆去睡不着，过一会儿就长长地、轻轻地叹口气。父亲和母亲睡着以后，哥哥还从床上爬起来，屋里屋外转了几次，好像还希望能找回丢失的钱。我不知道哥哥身上发生了什么事情，也不敢问他。只是觉得哥哥这次回来与过去每次回来相比，情绪变化很大。长大以后，回想起这件事，我深深体会到哥哥在那个雪夜的心情。

第二天，哥哥空手回到学校，因为那个月没有交"搭伙"费，他每天只能啃冻如冰块的窝窝头，有时班里同学多打一点汤水给他喝。

后来，母亲知道了这件事，难过得哭了一场。

一次午餐

生活中一件很平常的事，往往能给人留下深刻的记忆。吃饭是再寻常不过的事了，但考入大学所吃的第一顿饭却经常引起我的回忆，以至于对我之后的工作都有教益。

我高中毕业回乡劳动了三年之后，有幸考入了徐州师范学院中文系。入学那天是哥哥送我的，他联系了公社搬运站的送货车，顺便把我们带到徐州。师范学院坐落在市区南郊的云龙山东坡，我们到校时大约十一点左右，校园里有很多人在忙碌。我们刚进校门既兴奋又紧张，不知所措。幸好学校里有早我半年入学的两个熟人，一个是姑母家的表哥叫滕义勇，老三届的高中生，已结婚生子，考入了数学系；一个是我高中时的同班同学叫宗瑞和，考取的是物理系。二人忙里忙外，帮我办理报到手续。时近中午，表哥和瑞和邀请我们一起吃午饭。在今天看来请人吃顿饭不算什么，但在那个生活困难的年代就很不容易。因为是亲戚和同学管饭，我们也就不推辞了。

食堂在校园南侧的宿舍区，餐厅是一个多功能的礼堂，不用餐时可做开会或搞文艺演出用。我和哥哥找了个地方坐下来，他们二人去排队买饭。当他们把饭菜端上来时我有些惊讶，想不到会是这么丰盛。除了白面馒头和大米饭，还有红烧肉、红烧带鱼等四五样菜，这些可都是农村人过年也吃不到的东西。我不由地责怪他们说，我们是穷学生，吃饱肚子就行，不用这么破费。表哥解释说，这些都是学生食堂日常供应的，今天就是多买了一些。瑞和也介绍说，我们入学后每月三十四斤计划，都是细粮，另有十几块钱的伙食补贴，下午去帮你办手续，领取饭菜票。以后每天都在这里吃饭，饭菜的品种比较多，可随意选择。

吃着这顿饭，特别是听了他们的介绍，心里产生了许多感慨。我在农村生活了二十多年，一直与贫穷和饥饿相伴，直到跨入大学校门的今天，广大农村仍然是红芋干子当主粮。从这顿饭开始，我也成为吃上国家计划粮的人了，真真正正脱离了农村。小时候老师和家长经常勉励我们刻苦读书，将来能"鲤鱼跳龙门"，有更大的出息。我也曾读过大诗人李白写的"黄河三尺鲤，本在孟津居。点额不成龙，归来伴凡鱼"。这顿饭使我意识到虽然未进龙门，却是跳出了农门。这"龙门"和"农门"的差别，不就是城乡之间、工农之间的差距吗？什么时间能消除这种差距，广大农村的父老乡亲都能吃上大米白面，过上城里人一样的生活，不正是我辈发奋读书、努力奋斗的方向吗？

大学毕业后，我有幸分配到了政府机关工作，有了更多直接为农村、农业、农民服务的机会。特别是从主政一方的党政主要负责人，再到市委分管农村工作的副书记，我时刻不忘初心，把强农富民，改变农村面貌作为神圣职责。四十多年过去了，在党的强农惠农政策指引下，经过几代人的不懈努力，现在用"翻天覆地"形容农村的变化丝毫不过分，很多地方出现了"城乡倒流"的现象，城里人到农村生活成了时尚。

现在回想起考入大学吃的第一顿午餐，不仅仅是个人命运的转变，更折射出一个时代的伟大变迁。

不情愿做了城里人

1982年6月，四年大学生活就要结束了，毕业后的去向成为同学们最关心的问题。那时候的大学毕业生由国家统一分配，安排到哪里就业可是一辈子的事。不同年代人的思维是不一样的，当时多数同学的愿望是回家乡就业，一是可以就近照顾家；二是家乡熟人多，办事相对方便些。我和许多同学一样，也是希望能回到家乡丰县工作，最好是到我高中母校宋楼中学教书。我几次向辅导员提出要求，均未得到肯定的答复。后来听说安排回乡是有条件的，主要照顾年龄大、

作者（第三排左五）徐州师范学院中文系七八级二班留影

结过婚的，家庭有特殊困难的和女同学。为此，我还
专门回家办理了结婚证明送到系里。毕业离校前两周，
系主任邱鸣皋和辅导员王旭老师突然找我谈话，说你
的心情可以理解，但相比较而言你不具备回乡就业的
条件。一方面，你家庭的困难情况与其他同学相比不
算突出；另一方面，本届毕业生丰县人较多，分回去
的还是少数。经研究你的去向是到徐州地区教育局报
到，以后从市里调往县里可能好办一些。

我们7月份离校，报到证上开出的报到时间是8

月上旬，我回家待了几天才来报到。地区教育局在徐
州地委院内，地点在青年路，坐南朝北的大院，围墙
用暗红色的涂料粉刷，有点像电影里看到的北京天安
门围墙的颜色，显得很庄严。我不敢贸然走进，在大
院门前犹豫徘徊了一会儿，从里边走出一个年纪较大
的门卫，问我是干啥的，我说来地区教育局报到的，
急忙掏出报到证给他看。门卫并不看我的报到证，而
是批评我不能在地委门前张望逗留，让我快点进去，
还把教育局的办公楼指示给我，使我内心有些感动。
教育局在进大门左首的一栋苏式建筑内，进入一楼走
廊静悄悄的，办公室的房门都是关着的。再往里走终
于看到一间房门开着，好像是打字室，里边有两位同
志在忙。我走过去问报到的地方，他们告诉我人事科
在二楼，一位同志还热情地把我带了过去。人事科的
同志看了报到证后告诉我，档案已经转来了，尚未研
究去向，要求下周再来。我只好搭车返回，一个星期
后又来教育局时遇见一个同学，他被分配到了徐州地
区体育学校，我的去向仍未研究好，要求晚几天再来。
我的心情很郁闷，从家来徐州70多公里，且交通不便，

长途汽车很不准时，有时车次会临时取消，且每次来
回车票要三块多钱，实在不想折腾了。打听到我们公
社果品公司在徐州火车站有一个外卖苹果的发货点，
搬运果品的工人多是聘用家乡一带的农民，在车站旁
集中租房居住，我便到那里找熟人借宿。又等了两天
再次来教育局报到，这次见到的是人事科的丁科长，
他说你的人事关系已经转到了地区人事局，我们签个
字转人事局报到吧。这让我感到很迷茫，不知道人事
局是干啥的，更不知为什么转人事局。我问人事局在
什么地方，他们告诉我就在旁边的一幢楼上。我只好
拿着签过字的报到证来到人事局，经别人指点，找到
位于该楼四层的技术干部科报到。一位30岁左右的
中年男人接待了我，后来才知道此人是副科长，叫张
立生。他告诉我关系转过来了，还未来得及研究，让
我回家等十天左右再来。我没有办法待在徐州，只能
搭车返回。下车后途经公社门口，遇见了公社副书记
刘俊山，当年在我们村蹲过点，见面还认识。他问我
毕业分配没有？我说本来分到地区教育局报到，现在
又转到了人事局，不知道人事局是什么单位？刘书记

的表情很惊喜，他说人事局好啊！是管干部的，说明你已经出教育口了。对他的话我虽然不完全明白，但知道不当老师了。刘书记还说他有个叔叔叫刘季月，是地区人事局副局长，让我去报到时帮忙带一筐苹果给他。

再去人事局报到已是 8 月下旬，刘俊山书记安排搭乘公社去徐州拉货的卡车，给他叔带了一筐大沙河苹果。上午十点多钟就到了地委门口，驾驶员把苹果寄存在传达室，我直接去人事局报到。这时候我才知道，一起到人事局报到的共有四个人，有我的两个同学，还有运师大专班毕业生一人。张科长安排我们等候，说待会儿姚局长和刘局长给我们谈话。很快先进来一位 50 岁左右的男同志，瘦高个，白白净净，态度和蔼，张科长介绍是刘局长，我猜想此人可能是刘俊山书记的叔叔。接着进来一位 50 多岁的女同志，向我们点头微笑，张科长介绍是姚局长。刘局长逐一点了我们的名字，说是认识一下，接着请姚局长讲话。姚局长态度和蔼，听口音像是山东人，讲话内容大意是说，你们几个人是经过多方协商精心挑选出来的，

不再往别的地方分配，今后就在人事局上班，但目前
尚无编制，暂时起个名叫地区工作组吧，待编制审批
后再列编。刘局长又对我们提了要求，大意是珍惜机
会，加强学习，尽快适应机关工作，等等。两位局长
的讲话令人感动，但什么叫"编制"我还是一头雾水。
见面会结束后，我赶上去问刘局长是否有个侄子在丰
县大沙河果园，他说是有个本家叫刘俊山，每年都送
点苹果来。我告诉他俊山书记带的苹果放在传达室了，
刘局长对我表示感谢。我们一起报到的四人中，一人
被安排在秘书科，剩下我们三人就在技术干部科上班
了。局里在地区一招为我们租了一间客房，四人同住
一室，吃饭就在大院内的机关食堂。

　　适应新的生活和工作环境有一个较长的过程。我
在农村生活了二十多年，并没有因为分配在徐州市，
并且留在机关工作感到兴奋和快乐，反而常常有一种
郁闷和失落的感觉，到底失去了什么？自己也说不清，
就是一种没有根基的空虚和伤感。农村虽然落后，那
里是家园故土；老家虽然贫穷，那里有爹娘亲朋，离
开了家乡自己就像离土的蓬蒿没有了依附。1983 年 3

月，徐州地区与徐州市合并，实行市管县的体制。合并之后，人事局的人员增加了不少，我认为这是调回丰县老家的好机会，便向科长提出了申请，科长向局里作了汇报。几天之后姚局长找我谈话，问我为什么要调回县里？我只有强调父母年纪大，爱人在乡镇小学教书，为了生活方便，等等。局长耐心做我的工作，说有志青年志在四方，家庭困难要克服一下，两地分居的事组织上帮你解决，还是要留下来为好。面对组织的关心和挽留我还能说什么呢？在我们科长的协调下，当年暑假开学之前把我夫人调进了徐州市大马路小学任教，并在机关院内解决了一间宿舍，算在徐州安了家、落了户，真正成了城里人。后来听到不明就里的人说，李荣启大学一毕业就留在了徐州市，还进了地区人事局，肯定背后有过硬的关系。我听后只能一笑置之。

纪事

如果时间也算一种资本，

经历过的事也有一定价值。

人生漫长，

不是所有事都记得住，

也非所有事值得记。

丰县大沙河风光照

大沙河

　　我的老家在丰县大沙河畔，村庄的名称叫夹河。任何一个地名都应该有出处，我们村的名称是怎么来的呢？小的时候听爷爷讲起过。1851年也就是清咸丰元年，黄河于安徽省砀山县蟠龙集决口，洪水汹涌而下，淹没了几十里路之内的农田和村庄，老百姓为躲避洪水四下逃散。1855年黄河在河南兰考县改道北徙，洪水退下，外出逃难的人们纷纷回原址找家。原有的良田和宅院已不见踪影，呈现在眼前的是一条蜿蜒曲折的河流和一望无际的沙滩。找家的人故土难舍，在河边的沙滩上结草为庐，垦荒种地，重新定居下来。一年、二年，回来的人越来越多，聚居成村，且多是李姓族人。太爷爷提出应该给村庄起个名字，因全村人就像离散的大家庭重新聚合，起名叫家合村吧。新中国成立以后，或许是这个村名带有封建色彩，也或许是外姓人多了起来，人们就把家合写成夹河了。

村旁的那条河就是大沙河了，从黄河决口处经由丰县东、沛县西进入微山湖，全长 61 公里，流域面积近 1700 平方公里。在至今为止的 170 多年里，这条河流淌着两岸居民的悲欢离合，记录着流域内的兴衰变迁。

滔天洪水裹挟的大量泥沙改变了地形地貌，破坏了生态环境。这里本来是富饶的膏腴之田，自古有"丰沛收，养九州"之说，物阜民丰之地在一场大水过后，留下了大沙河两岸连绵的沙丘，满目荒凉、民不聊生，百年之内被称作"雁过拔毛"之地。新中国成立以后，直至 20 世纪五六十年代，这里的自然环境还非常恶劣，依然是"风起三尺沙，黄土埋庄稼"，土壤瘠薄，旱涝灾害频发。粮食产量亩产不足百斤，老百姓过着半年糠菜半年粮的日子，好多年份要靠政府救济度日。我小的时候常在村后的沙丘上奔跑，在大沙河边割草放羊。那时候的大沙河没有中泓，没有河堤，是一条漫水浅滩的自然河道。雨季多水时河水横流，淹没农田和村庄；旱季少雨时河道水浅滩长，农田无水可用。丰县境内30多公里的河道上，除徐丰、丰黄公路外，没有桥梁通行，无论冬夏，百姓过河皆涉水而行。

　　洪水不仅给大沙河两岸人民造成灾难，也把历史文化遗存损毁殆尽。这里是清朝重臣李卫、状元李蟠、民初福建督军兼省长李厚基等人的祖籍故里，史书方志虽有记载，但在地面上却找不到痕迹了。当地传说李卫的老家有六十六座楼（现在简称六座楼村），相当于一个小城镇的规模，可惜被深埋地下十几米处了。他故居的建筑风貌和繁华程度现已无法考证，但凡去山西旅游，到过午亭山村的人，看到皇城相府的规模和气势，可以充分想象得到，李卫与陈廷敬基本是同朝代、同级别的官，其家境应该不会比陈廷敬差的。我幼年时的农村很穷，百姓建房买不起砖头，就到大沙河边的遗址去挖，时间久了形成几平方公里连片的坑塘，成了当时的地标——"挖砖坑"。这也从一个侧面说明李卫故居的规模。在整个大沙河流域被淹没的文物古迹肯定不止"三李"故居，多数有文字记载或传说的文化遗存，像杜牧、苏轼笔下的"杏花村"更是难觅踪迹。

黄河走了，留下了黄河故道；洪水退了，留下了大沙河，不走不变的是沿岸的百姓和艰苦奋斗的精神。洪水冲散了居民又重新聚合；洪水淹没了家园再重新建设；洪水淹埋了土地再重新开垦。特别是新中国成立后，沙河人民在党和政府的领导下，同自然灾害的斗争从未停止过。从 20 世纪 50 年代开始，上级政府就选派干部和技术人员进驻大沙河，调查研究，勘察灾情，制订方案，先后在沙河沿途布局建设了一批国营林场，开展植树造林，防风固沙。20 世纪六七十年代，先后从南京、徐州、丰县甚至上海动员来大批知青，投入大沙河建设，改良土壤，种植果树，酥梨、苹果、葡萄等渐成规模。20 世纪 80 年代实行土地承包制后，农民的积极性更加高涨，短短几年内林果种植面积发展到几十万亩，覆盖大沙河两岸，基本锁住了肆虐的风沙。在治理水患方面，丰县一直投入大量精力，特别是 1988 年开始，曾两次大规模开挖大沙河中泓，修堤建闸，防洪除涝，变水害为水利。

进入新的世纪，大沙河的发展变化速度加快，不断提档升级。2012 年，徐州市委启动了黄河故道二次综合开发，经过向省有关部门争取，把大沙河纳入开发规划，得到了政策和资金等方面的支持，用五年时间，展开了水利、交通、农业、生态、扶贫、旅游、土地整治等七位一体的综合治理。特别是把大沙河源头，昔日黄河决口处规划建设成湿地公园；把大沙河中泓拓宽捞深，形成带状水库，作为丰县备用饮用水源地；把大沙河堤绿化改造提升，建成旅游观光道；把大沙河果园品种逐步更新，适应市场需求，增加农民收入；等等。

大沙河跨越历史，更加美丽富饶。水清林茂、花艳果香，吸引来络绎不绝的游客；车水马龙，企业商家纷至沓来寻找商机。如今的大沙河已经成为丰县乃至徐州市对外宣传的靓丽名片。我在大沙河边长大，听惯了大沙河的故事，亲历了大沙河的治理，见证了

丰县大沙河风光照

大沙河的变迁。这里虽然已无我寸土片瓦，但我的父
母长眠在大沙河岸边，注定永远是我魂牵梦绕的地方。

程子院

关于程子院的传说，我很小的时候就听说过。每
逢清明节，年长者常常带晚辈人去祖坟扫墓，实际上
也是借机进行家族传统教育。在我们村东北方向约二
里路左右的大沙河南岸，有五座坟茔，每座坟前立有
一块石碑，时称"五幢碑"，当时远近闻名。老人告
诉我们，这五座坟是李氏家族元朝时候从河北正定迁
来的第二代，现在的五房人都是从这里分支。第一代
的坟在李新集，当时叫程子院。

后来读书离开了家乡，再没有听人说过程子院的

事。2006 年家父病故，在家守灵的时候哥哥拿给我一套族谱，让我了解家族的来历，当时过度悲伤，加之人事嘈杂无心翻阅，事后带来徐州。2017 年我从工作岗位上退下来，到老区建设促进会做一点力所能及的工作。闲暇的时间多了，心情静了，看书写字成为生活的重要内容。偶有乡里来人说起家族中事，我忽然想起族谱的事，打开看看有许多分册，一时很难看得明白。卷首有明清以来许多著名后世子孙的序文，其中清康熙三十六年（1697）状元李蟠序载："元大德五年，祖七公始迁于徐州之西，乡里名程子院，宋明道先生讲学地，风教犹存，因家焉。"另有李蟠于康熙五十四年（1715）为始祖撰文并书的墓表中也记述："程子院者，世传宋明道先生讲学处也。相距为时未远，故址尚存，流风余韵，犹在人间。"碑文中所讲的明道先生，即是宋朝著名理学家程颢。宋朝重臣文彦博曾二次拜相，声望极高，在程颢死后为其墓碑题字称"明道先生"。族兄鸿民年逾九十，离休也三十余年，身体尚好，笔耕不辍，热心家族事。据他考证，清雍正年间因在程子院建庙成集，遂易名李新集，新中国

程子书院

成立之前归属铜山县，现属丰县梁寨镇管辖。他于春秋之季常回李新集居住，亲自发动族人捐款复建了程子院、状元碑园等纪念设施，招来不少"文人墨客"参观游览。

对于上述记载和传说，我一直有不解的地方。据宋史记载，程颢家族世居中山，后来迁至河南洛阳，未见有游历此地的记述，作为名士大儒，怎么会来偏远的村镇设馆讲学呢？去年，我曾经任职过的沛县有同志送来一套《沛县旧志五种》，收录了明嘉靖、万历，清乾隆、光绪和"民国"的《沛县志》。观这五部不同时代的志书，对整个宋朝时代知县的记载只有一人，就是程颢的父亲程珦，而且所载内容大致相同，摘录如下："程珦字伯温，二程夫子之父，天圣中补郊社斋郎。历黄州黄陂、吉州庐陵二县尉，润州观察支使。由按察官论荐，改大理寺丞，知虔州兴国县，知龚州，再知徐州沛县事。会久雨，平地出水，谷既不登，晚种不入，民无卒岁具，公谓：'俟可种而耕，则时已过矣。'乃募富家，得豆数千石以货民，使布之水中。水未尽涸，而甲已露矣。是年，遂不艰食。有丐于市者，自称僧伽之弟，愚者相倡，争遗金钱。公杖而出之境。"据县志记述可知程颢的父亲不仅在沛县任过知县，而且"以豆代谷，解民之饥"，民望是很高的。既然父亲在此任职，那么二程兄弟来过沛县的可能性很大。况且程氏父子无论在哪里为官，一向重视教育和伦理道德的传播。据《宋史》记载，程颢在任晋城县令时要求乡里一定要有学校，闲暇的时候亲自去讲学，召集父老乡亲与他们交谈。小孩所读的书，亲自为他断句点读，教育不好的人，就改换另外安置。选择民间优秀的子弟，聚集一起进行教育。

按照现在的行政区划，程子院（现称李新集）距沛县界不足十里，1000年前是否在沛县境内亦未可知。程氏父子都是重教兴学、传经布道的儒士官员，在一定区域内选择一个教育条件较好的地方设馆讲学，示范乡里是顺理成章，完全可能的。史实亦可说明程子院确为一方文气十足的宝地。族谱记载，先祖李正居在此落户700年来家丁兴旺，人才辈出。正居夫人张氏育有五子：恭、宾、谨、让、武均为优秀人才。现已传二十八代，代有闻人。至清朝末年的不完全统计，有 6 位进士，18 位举人，12 位知府，40 多位通判、州同，等等，被同治《徐州府志》编入者 64 人，其中影响较大者如十一世孙李蟠为清康熙三十六年（1697）状元，十一世孙李卫为康雍乾三朝重臣，官至直隶总督兼兵部尚书、太子少傅，十六世孙李厚基任福建督军兼省长。这一方面说明李氏家族的家风传承很好；另一方面也能佐证程子院一带教风醇厚，绵延永续。

剃头师傅

我们生活的那个年代，人们管理发叫剃头。这个词比较准确，农村人不太讲究发型，用剃刀把头发刮下来，清爽利索即可。改革开放之前，农村剃头主要靠遛乡的匠人，他们挑着担子，一头担着高脚木凳和工具箱，另一头担着个小火炉和洗脸盆，用来烧热水。因此，家乡一带有个歇后语，叫作"剃头挑子一头热"，用以形容谈事情双方的不同态度。

剃头虽然是生活中的小事，但人人都离不了，如果长时间不理发，不仅人显得邋遢，还会生出虱子来。

尽管那时人们很穷，但花几分钱剃头是必须的。生产队里为了方便群众，从外边请了一位师傅，承包全村人的剃头业务。承包的条件是，师傅每月来村里剃头的时间不少于三天，也就是十天左右来一次。经费分夏秋两季由生产队统一结算，以粮抵账，然后从村民应分配的粮食中扣回。村民剃头时不用拿现钱，理发师只需记个人名就可以了，承包办法受到大家的普遍欢迎。

请来的师傅是邻近乡镇的，三十几岁年纪，不爱说话，有人打招呼也只是笑笑。开始大家不知道他的姓名，只称师傅，偶然看到他在记账本上的名字叫房家山，于是称他房师傅，他总是不应声。喊得时间长了，他才解释说不姓房（fáng），而是姓房（páng）。人问他为什么是房（páng）？他说祖祖辈辈都是这么传下来的。后来我们学习《阿房宫赋》时，才知道"房"是多音字，作为姓氏时一般读房（páng）。

房师傅是个厚道人，态度和蔼，那时感觉他的技术也是一流的。理发工具就老三样，剃刀、发剪和推子，而且都是手动的，房师傅操作的样样娴熟。什么年龄，什么发质理什么发型他一看便知；无论剃光头、分头还是寸头大家都很满意。为每个理发人洗头都是两遍，动刀之前先洗头，理完发再洗一遍，干净利索。特别为小孩子和老年人理发更加用心。小孩子往往怕理发，看到剃头刀子就会哭。房师傅经常带点小玩具，把小孩逗笑，理发时只用推子不用刀，推子虽然是手动的，但从不夹头发，消除了孩子们的恐惧感。给老年人理发是最费时，也是最讲究的。理完头发之后要光脸，有的还要修剪胡须。房师傅不怕麻烦，先用热毛巾将面部敷得柔软，然后轻轻下刀。那耐心就像打磨一件工艺品，一遍又一遍地刮剃，手法如春风拂面，挥洒自如。直至面部光洁红润，皱纹绽放，除去了老者的沧桑之态，显得光鲜而年轻，仿佛换了一副面孔。房师傅的理发技术和服务态度给我留下了很深的印象。

后来，我考到离家较远的学校读高中，必须住校，每周只能回家一次带些干粮，再没有机会找房师傅理发了。我们班级里买了一把推子，头发长了，同学们之间互相帮助理一下，理发的技术可想而知。有一次因理的发型惨不忍睹，几个同学干脆都剃了光头。上课的时候，老师看到一排"和尚"，还以为是搞恶作剧，被狠狠批评了一顿。1978年，我进城上了大学，同样面临着理发的问题。城市的理发店很多，也很漂亮，但不敢贸然进去。特别是主要街道上，有一家叫"大光明"的店，门面很大，大白天亮着明晃晃的日光灯，里面有宽大的理发转椅，师傅们一个个穿着雪白的工作服，戴着口罩。进出的客人多是西装革履。天啊！这里理一次发不知要花多少钱，让人望而却步。我只得走进小街巷，找小一点的门店。小的理发店虽然只有一人一椅，但也窗明几净。这是我生平第一次坐在理发店理发，师傅问我要不要上油？要不要吹风？我虽然不懂是啥意思，但知道多一道程序肯定要花钱，都被我否定了。最后理一理、洗一洗花了三角钱，现在看不算贵，那时在农村也可买二斤粮食了，我还是很心疼的。当时的感觉是城里的理发师并不比房师傅水平高，唯一的办法，是尽量减少在城里理发的次数。

很快大学四年毕业了，我很不情愿地被留在城里，还被分配到了地委机关工作。那时的机关大院内有理发室，开始时给机关工作人员发理发票，后来就变成福利了。一天下午，我去理发，刚进理发室，一个熟悉的身影把我惊呆了，那不是房师傅吗！虽然十多年不见，脸上多了一些皱纹，但那憨厚的身影、和善的神态我一眼便能认得出来。世界这么大，人与人之间真的有一种机缘吗？我急忙走过去跟他打招呼。他也认出了我，问我什么时间来的，我说到这个院里来工作了，今后少不了麻烦您。看得出他很高兴，边理发边和我聊一些情况。前些年机关建了一个理发室，行政科一位老乡把他介绍到这里，工作环境比农村好，有吃饭住宿的地方，收入也比家乡高。机关的干部都很尊重他，理发室虽有两位师傅，多数人都愿意让他剪头。听了他的介绍我很欣慰，在机关大院多了一位熟人。那时我尚未在城里安家，有时节假日回老家，我们还一起乘公交车，结伴而行。

我在机关工作了十年的时间，受到很大锻炼。组织上于1993年安排我到县里工作，虽然只有六七十公里的路程，但基层工作太忙，加上当时路况不好，交通不便，很少回城，难有机会请房师傅理发了。这样又是八年多的时间，我调回市委工作后，再去理发的时候，房师傅因年龄的关系，已退休回原籍老家了。虽然我的工作岗位、工作环境都有了新的变化，但若有所失，常常会想起这位理发师傅。

前几年我退休之后，有了空闲时间，借回乡办事的机会，故意绕道房师傅的村庄，想顺便看望他。进村后我便打听他的住处，村民们告诉我，两年前房家山已经去世了，终年 86 岁，走得很安详，后事办得很好。他的一个儿子现在外地打工，赚了不少钱，家里的老房子都翻建成了三层楼房。听到这些，我既有空落落的感觉，又很安慰。人啊！无论从事什么职业，只要善良做人，专心做事，都会受到人们的尊重。

听书

现在的农村文化生活丰富多彩，不仅网络电视早已普及，有的村还办起了阅览室、文化活动室。我们小的时候可没有这么幸运，农村基本没有文化娱乐活动，县里的电影队两三个月才能转到村里一次，因为没有电，还要拉着一个发电机。记得一次上边有重大活动，要求收听收看，我们全大队只有小学校有一台收音机，捆绑着几节电池，竖起高高的天线，还不断发出吱吱的响声，收听的效果很不理想。那时照明还是点的煤油灯，所谓"楼上楼下，电灯电话"是在宣传中的美好向往。

　　每到农闲季节，村民们没有事情做，晚上喝酒赌钱的事情时有发生，生产队里往往会请民间艺人来说书。家乡一带流行的曲艺品种主要有河南坠子、徐州琴书和苏北大鼓等。其特点是演唱和伴奏的人员不多，无须道具，灵活方便。坠子一般是两人配合，一人拉弦，一人手打简板（两块木板）说唱；琴书又称扬琴，二人或三人配合演唱，一人拉弦，一人敲琴，一人打板；最简单的是大鼓，一人一鼓一副铜板，边敲边唱。这些民间艺人大多是贫苦出身，旧社会时受到歧视，有"好人不学艺"的说法，接待安排比较简单，由生产队里统一安排到农户家里吃派饭，管饱就行。演出的报酬也不高，大概唱一个晚上也只有几斤粮食，由生产队统一结算。

　　无论哪种艺术形式，演唱内容都是像章回小说一样的古代故事。文戏如《包公案》《海公案》《刘公案》等。武戏有《响马传》《水浒传》《三侠武义》等。这些故事情节悬念迭起、跌宕起伏，加上说书人声情并茂的发挥和渲染，特别吸引人。我很小的时候就是个

"听书迷"，只要村里有书场，我放学后会早早把作业做完，有时等不及喝汤（我们那里管吃晚饭叫喝汤），就搬着凳子进场等候。母亲经常会一边责怪，一边拿两个馍馍塞在我的手里。村子里的书场都是设在集体饲养牲畜和存放生产资料的露天场院，特空旷。那时的冬天冷得出奇，我们把冬季所有的棉衣套在身上，脚下穿着毛窝子（用芦苇花编织的木底鞋），里边塞满麦草或棉花，还是冷得发抖。说书人中场休息时，父亲便催促回家睡觉，说不要耽误明天上学。我也不管不顾，非要坚持到散场才恋恋不舍地离去。我听书认真，记忆清楚，不会漏掉任何细节。与我同龄的孩子们，好多听不懂书中的内容，因而不感兴趣。我经常在上学的路上，把书中的故事变成自己的语言讲给同伴听，他们却是听得入迷。父亲经常说我"这孩子将来是个说书的料"，不知道是批评还是表扬。

在那个文化匮乏的年代，农村没有书看，哪个同学搞来一本小说，真是如获至宝，如能借阅一下，是很大的人情。农民艺人说书，多多少少填补了一些文化空白。我一直到初中毕业，可能是因为农村缺少这方面的老师，学校没有开过历史课，对历史上朝代的沿革、重要历史人物的了解，最初都是从说书艺人那里听来的。每听一部书的时候，我都尽量搞清楚故事发生在哪朝哪代，重要人物是否真实存在。搞不明白的地方就到学校问老师，也请教村里有文化的人。

听书对我人生观的形成也产生了不小的影响。我从小崇拜清官，《公案》故事中的包拯、海瑞和刘墉是三个不同朝代的清官代表。他们正气凛然、不畏权贵、执法如山、断案如神、爱民如子，受到百姓的拥护和称颂。虽然故事有很大的演义成分，与历史人物的真实性有不小差距，但是清官的形象是感人的，对底层百姓有很强的吸引力。我也敬重英雄，《响马传》《水浒传》中的绿林好汉，除暴安良，敢于同贪官和权贵斗争，敢为弱者抱不平。朋友之间生死相托、重信守义，他们的正义之心和侠义之气是很能打动人的。

白居易在一首诗里说过，"物以稀为贵，情因老更慈"。现在文化繁荣了，家里的电视屏幕遮挡了半面墙，频道有几十个，翻来翻去没有多少感觉，每天只看新闻和戏曲频道。手机上的东西很热闹，看来看去八卦的事情多，有价值的内容少。倒是经常回忆起小时候听书的情景，有时候还激动一把。

沛县刘邦文化节的缘起

沛县刘邦文化节已经办了十多届，延续二十几年依然有生命力。虽然举办的形式、活动的内容有所变化，但办节的指导思想和宗旨始终如一，就是"打刘邦牌，做汉文章；文化搭台，经贸唱戏"。作为亲历者和当事人，对当年办节的缘由和背景尚有许多记忆。

1994 年，沛县新一届领导班子到任后，为了尽快改变沛县面貌，县委、县政府规划确定了十项重点工程，包括在汤沐公园原址上建设 503 亩的汉城公园，兴建歌风台、高祖原庙、汉街、汉城商都、沛公大酒店等一批体现汉文化特色的基础设施。至1996年初，仅用一年多时间，有些项目即将竣工，特别是汉城公园率先建成，近千亩地的沛县汉城也已初具雏形。沛县的干部群众眼睛一亮，无疑是一个很大的惊喜。县政府分管领导和城建口的干部们不断酝酿，提议公园建成之日搞一个像样子的开园仪式，后来提出搞一个庆祝活动。他们的想法引起了县委、县政府的高度重视，召开专题会议听取意见。经过讨论，原则同意在汉城公园建成开园之际，举办一次节庆活动，以提振精神、鼓舞士气、凝聚人气，推动经济社会事业发展。会上明确这项工作由我负责，组织人员，开展调研，制定方案，然后报县委研究。按照县委要求，我即带领十几位同志赴外地学习调研，先后到山东曲阜、潍坊和江苏泰州的兴化市考察学习办节经验。曲阜是孔子故乡，名气很大，影响深远。山东举全省之力打造这一文化品牌，专门设立节庆办公室，有人员编制，从战略上谋划每年一次的节庆活动。潍坊市从1984年开始举办"国际风筝节"，搞得风生水起，使这座鲁东小城在国际上名声大振。兴化是扬州八怪代

表人物郑板桥的故乡，兴化市于 1993 年 11 月 22 日
郑板桥诞辰三百周年时，举办了首届"郑板桥艺术节"。
自此，每两年举办一届。几地的经验做法对我们有很
好的启发和借鉴作用。我与考察组分析研究，起草了
《关于曲阜兴化等地学习考察情况及我县办节的总体
构想》。在这份报告中除了介绍外地做法外，重点提
出了三个问题。一是建议节庆名称为"中国沛县刘邦
文化节暨经贸洽谈会"。大家也曾议论过用"汉文化
艺术节"，但考虑刘邦登基之后，定都咸阳，在老家
留下的东西不多，不如直呼刘邦文化节准确而响亮。
二是将办节日期定于 5 月 18 日。主要因为刘邦的出
生日期有争议，难以考证；卒日虽有准确记载，但用
做节庆日不合适。所以干脆选定一个气候适宜的季节
举办。三是考虑办节的可持续性，定为每两年举办一
届。如果每年一届难以出新，精力财力都不宽松；如
果五年一届间隔时间太长，难以接续且影响力减弱。
这个报告和相关建议经过县委常委扩大会议讨论原则
通过，正式作出了办节的决定，并成立"96 沛县刘邦
文化节暨经贸洽谈会"组委会，由我担任组委会主任，

沛县歌风台

分管城市建设的副县长任组委会副主任。

从县委作出决定到 5 月 18 日开幕式，仅有 4 个月左右的筹备时间。节日期间除了隆重的开幕式，还要邀请客商举行经贸洽谈，举办刘邦生平事迹展等一系列宣传活动，可以说时间紧任务重。我们抓紧抽调人员，搭建组委会班子，把沛县的文化名流，经济行家等一批人才精英招集麾下，分工负责，紧锣密鼓开展筹备工作。组委会的同志们认真负责，积极性空前高涨。他们还面向全国发布公告，公开征求刘邦文化节的节旗、节徽、节歌、吉祥物等。留给我印象很深的是吉祥物"小龙人"，活泼可爱，增添了许多喜庆色彩；节歌《沛县出了个汉刘邦》，虽然歌词简洁，但反复咏唱，高亢洪亮，令人振奋。招商和经贸洽谈活动的任务分解到相关部门和企业，大家积极主动，认真负责。节日期间客商云集，济济一堂。特别日本、韩国和中国港澳地区也有来人，自认是刘氏后裔，体现了他们对祖宗的认可。

1996 年 5 月 18 日上午，"中国沛县刘邦文化节暨经贸洽谈会"的开幕式，在新落成的汉城公园北门前的广场举行，特邀中央电视台《新闻联播》播音组组长李瑞英和我共同主持。9 点 18 分，县委书记肖俊宣布开幕，二十一响礼炮震天响起，数千只信鸽飞翔盘旋，五彩缤纷的气球飘向天空，鼓乐齐鸣，掌声四起，整个广场沸腾了！中共徐州市委书记王希龙神采奕奕，代表徐州市委、市政府致欢迎辞；江苏省副省长王荣炳、河南省副省长张洪华分别致辞祝贺。国内外的客商和来自北京大学、清华大学等二十多所大专院校以及科研单位的专家学者出席开幕式，与沛县人民一道共同沉浸在喜庆和幸福之中。为了确保安全，开幕式之后的文艺演出在汉城公园内举行，汉魂宫前依势搭建了壮观的舞台，大型音乐舞蹈《大风赋》再现了刘邦的辉煌伟业。县文化部门、各个乡镇以及民间文艺团体各展所能，持续举办了不同形式的串街文艺活动。有关部门利用新落成的汉街，举办了为期一周的"高祖庙会"，既拉动了经济，又烘托了节日氛围。电视台等新闻媒体与上级台合作，多形式进行宣传报道，使全县城乡联动，呈现出欢乐祥和的节日氛围。

文化节的举办，提振了全县干部群众的精气神，

沛县歌风台

凝聚了合力、开阔了眼界，加强了与外部世界的交流
联系，促进了经济社会事业的发展。我在担任县委书
记期间，认真总结第一次办节的经验，分别于1998年、
2000年接续举办了第二届和第三届"中国沛县刘邦文
化节暨经贸洽谈会"，这两届节庆活动坚持简约隆重、
注重实效的原则，把办节的重点放在客商邀请和经贸
洽谈上，邀请二十多个国家和地区的100多位嘉宾参
会，安排为期三天的经贸洽谈和物资交流大会，收到
了良好的效果。文化节庆活动是否有生命力，能否持

续办下去，关键看实际效果和人民群众的认可度。很希望沛县的同志认真总结历届办节经验，重实际、求实效，一切从实际出发，不断创新形式和内容，把刘邦文化节办成推动经济社会发展的品牌活动。

现场会

　　顾名思义，现场会就是在工作或生产场地召开的有关会议。它是一种直观性较强的会议形式，也是推动工作和解决现实问题的一种有效方式。俗话说："百闻不如一见。"在某一个先进典型的地方召开现场会，可以让与会人员通过观摩工作或生产现场，听取经验介绍，与当地干部群众沟通、交流，增强对典型经验的认识和了解，便于学习借鉴和经验推广。我参加过很多次现场会，有的还是我组织和主持的，可以说对此的体会非常深刻。

　　我任中共沛县县委书记的时候，组织全县开展创建文明城市活动。目的是以创建为抓手，加强城乡基础设施建设，改变脏乱差的面貌，提高文明素质，振奋干部群众精神，推动全县各项工作开展。县委、县政府提出的创建思路是："自力更生，艰苦创业，用改革开放的思路抓好创建工作，走出一条搞好城乡规划、建设和管理的新路子；坚持以人为本搞创建，充分调动和发挥广大干部群众的积极性，在全县上下形成齐抓共管、人人参与创建工作的浓厚氛围。"为了推动全县的创建活动深入开展，县文明委选择了一个创建活动开展比较好的镇召开现场会。我提前到了现场。现场红旗招展、锣鼓喧天、人潮涌动，十分热闹。我下车后，镇里主要领导迎了上来，兴高采烈地对我说："书记，我们准备了好几天，今天这个现场会一定会红火。"他以为会得到我的表扬，可是我却皱起了眉头。他见我皱着眉头不说话，四下看了看，指着那些身穿盛装、挥着小旗子的人们说："这些群众都是自觉自愿来欢迎与会领导的。"

　　听了他的这句话，我沉吟片刻，问他："真是你说的那样，那么多群众是自觉自愿来的？"

他见我神情很严肃，张了张嘴，欲言又止。他的态度告诉我，他已经认识到我对这样的做法不满意。所以，我缓和口气，接着对他说："请大家来开现场会，是来看你们的文明城市创建成果，而不是看多么宏大、壮观的场面，尤其是形式主义的东西。"

他听了不住地点头。

我又说："这些群众各有各的工作，即使那些大娘大婶，也都有家务要打理，都让他们回去吧。"

那位镇领导接受批评，马上作了安排，让那些群众都各自去忙自己的事情了。参加现场会的同志到后看了现场，发现街道上过去车辆乱停乱放、摊位你拥我挤、垃圾随地乱扔，车辆和行人过马路时你争我抢、互不相让等等现象不见了，路边划定了停车位，散乱的摊位进了市场，十字路口设了红绿灯，还竖起了写着"文明出行"提示的大幅宣传牌。我们在现场看到，红灯亮时，没有一辆车和一个人越过红线。条条街道都显得整整齐齐、干干净净。不管是机关的办公室还是工厂的车间，也都十分整洁、有条不紊。与会同志

还专门检查了镇里的公共厕所，公厕已由旱厕改成了
水冲厕所，基本没有异味。人们的精神面貌也比过去
有了很大改变，最让我满意的是，这个镇的风气变了，
群众上访闹事的少了，干部吃吃喝喝的少了，干群关
系和谐了。与会的同志都称赞这个镇的文明城市创建
工作措施扎实，成效显著。

这次现场会开得很成功，效果很好。与会的同志看了
现场，听了这个镇创建工作经验介绍，都表示他们的经验
值得学习借鉴。后来，县里又分时期、分阶段、分不同情况，
在几个创建工作先进乡镇召开现场会，对创建工作都起到
了很好的推进作用。

1998年8月30日，徐州市委、市政府在沛县召
开了一次高规格的现场会。市四套班子主要领导和分
管领导，市各部委小局的主要领导，各县（市）区主
要领导都出席了会议。会议的主要内容是总结推广沛
县创建文明城市（村镇）的工作经验，推动全市创建
工作深入开展。会前，我对这次现场会提出了一个要
求，"创建工作不能搞形式主义，要让与会的同志见
到一个可看、可信、可借鉴的沛县创建文明城市现场，

特别要实事求是地介绍情况，不能光讲成绩，还要把存在的困难和问题也摆出来共同探讨，这样才能更好地发挥现场会的作用"。

与会的同志首先参观了沛城镇和肖庄、潘阁等三个村的文明创建现场，然后在沛县人民会堂召开大会。我代表县委、县政府作了主题发言，汇报了沛县创建工作的情况和主要做法。与会人员对沛县县委、县政府坚持以经济建设为中心，两个文明一起抓，围绕经济抓创建，抓好创建促发展，工作思路明确，措施扎实，力度很大，对推动创建工作深入开展的做法给予了较高评价。

人贵有自知之明，那时沛县的发展只能算刚刚起步，发展的基础尚不牢固，环境并不宽松，矛盾和困难还不少。现场会后，我要求沛县的各级干部正确看待已取得的成绩，正确分析沛县的形势，正确认识自己工作的差距，始终保持清醒的头脑，自加压力，埋头苦干，不问东西南北风，咬定发展不放松。

经过一年多的努力，1999 年 9 月，沛县被省委、省政府首批命名为"江苏省文明城市"，成为长江以北第一个县级文明城市。在评选文明城市考核期间，江苏省委一位领导调研考察后感慨地说："真没有想到，在苏北大地上还有如此美好的县城。"

沛县的明天更美好

为了庆祝改革开放四十周年，沛县政协经县委、县政府批准，编辑出版《亲历沛县改革开放四十年》专辑图书。接到约稿函，我觉得这是一件很有意义的事情。沛县是全国改革开放大潮中一朵明亮的浪花，值得很好书写。我在沛县工作过九个年头，其中任县委、县政府主要负责人有六年，对沛县的发展变化算是"亲历"了。然而当拿起笔来，觉得有些恍惚，毕竟离开沛县十八年了，好多事情虽有记忆，但已不是那么真切，翻找当时的工作日记，都已残缺不全。为了完成县政协的约稿任务，只有凭我的记忆概述了。

我是 1993 年到沛县工作的，当时虽然改革开放已有十多个年头了，但沛县的发展并不快，经济基础比较薄弱，县财政刚刚一个多亿的收入，有时发工资都很困难。人们的思想观念也比较保守，与外面的世界接触不多。记得有一次徐州市委召开三级干部大会，沛县团住在宏达宾馆，我们有一个乡的党委书记第一次住这样的宾馆，晚上睡觉找不到被子，在床上晾了一夜感冒了，不知道把下边的毛毯拉开来盖。那时在县里基层干部中流传着许多类似的笑话，从一个侧面说明我们的干部多是农村出身，眼界不宽、信息不灵，对改革

沛县汉高祖刘邦塑像

开放的新事物不太适应。经济实力不强，也导致社会矛盾多发，在农民负担、计划生育、矿乡关系、湖田纠纷等方面，经常酿成不稳定因素，有的还发展成群体事件。特别是微山湖边界纠纷，自20世纪50年代以来，多次酿成命案，不但成为苏鲁两省关注的焦点，还经常惊动中央和新闻媒体。这些不稳定的因素都是一个"穷"字造成的。那时老百姓的温饱问题尚没有完全解决，靠湖吃湖，争抢湖田、湖产可以维持生计。现在经济发展了，年轻人都进城打工、做生意，赚钱的门路多了，再也没有人为了两捆芦苇、二分湖田去拼命了。

1996年，我接任县长的时候，全县国民生产总值刚刚40亿元，财政收入约2亿元。当时2亿元的财政收入有一个多亿是大屯煤电公司提供的税收，县属企业都很困难，基本没有税收，有的企业连职工工资也发不出。能正常运转的企业只有棉纺厂、水泵厂、沛公酒厂等少数几家。乡镇企业数量不多，有点规模的是杨屯的七洲集团、龙固的机械厂、胡屯的干粉灭火剂和河口的皮鞋厂等数得着的几家。发展的压力、吃饭的压力、稳定的压力使我们加深了对小平同志"发展是硬道理"的理解，深刻认识到，不加快改革开放就没有出路，不抓好工业经济富民强县就是一句空话，更谈不上建设小康社会和现代化。因此，全县上下必须解放思想、转变观念，加快改革开放的步伐，努力培育新的经济增长点。县委、县政府组织开展解放思想大讨论，多次组织机关和乡镇干部到胶东半岛、苏南、浙江等沿海发达地区考察学习。走出去以后，我们许多干部第一次看到大海，第一次在宾馆吃到自助餐，第一次见识了经济开发区和现代化企业。通过参观考察和广泛的思想发动，开阔了眼界，振奋了精神，县委大张旗鼓地提出了"工业强县，项目兴县"的口号，并研究制定了鼓励招商引资和扶持企业发展的政策措施，规划建设了工业园区和江苏能源经济技术开发区。这些动作和措施很快见到了效果，发展有了较大转机。首先在1998年底，我们把香港协鑫集团董事长请到了沛县，收购重启了闲置了两年多的新城热电厂。这个电厂最先是鹿湾乡跑下来的项目，后因资金和技术方面原因成了"半拉子"工程。协鑫集团收购后，仅用不到一年的时间建成运营。热电属于功能性项目，既增加了税收，又解决了企业用热和居民供暖问题。接着我们多次跑青岛，请来了青啤集团的总经理和董事长，几经商谈，他们兼并了当时只有几千吨的沛县金波啤酒厂，计划扩建20万吨的规模，一期先建10万吨，也是不到一年建成投产，打出了青岛啤酒的品牌，当年缴税超过了2000万元。同时还引进了浙江客商，改造扩建了沛县纺织厂。我们还和当时敬安镇的书记一起"三顾茅庐"，请回了已在贾汪区建厂生产的钢铁企业家，来家乡敬安镇建起了一个规模较大的钢厂。该钢厂现已发展成为年炼钢100万吨、轧钢200万吨，纳税2亿多元的大企业。为了发挥煤电的优势，县委、县政府向徐州市政府汇报，由分管工业的副市长挂帅，与沛县和大屯煤电公司一起成立了专门班子，支持大屯煤电公司上马了10万吨电解铝项目，为沛县铝产业发展奠定了基础。由此，沛县的工业经济开始进入了一个较快的发展期，每年都有一批项目开工建设，像吉川空调、金鑫建材、常鑫源板材等陆续建成投产。

作者（左三）在沛县工作时在农村田头

　　在县域经济逐渐繁荣的同时，乡镇企业也渐成规模，涌现了一些有产业特色的乡镇。如龙固的机械工业、杨屯的铸造业、湖屯的石油化工、安国的造纸、沛城的编织袋生产，等等，有的乡镇开始规划建设工业集中区，呈现了蓬勃发展的良好势头。

　　改革开放带来的经济繁荣，给精神文明建设和各项社会事业注入了生机与活力。县委、县政府提出"经营城市"的理念，通过盘活资源进行旧城改造和新城开发，开展城乡环境综合整治，使城乡面貌发生了很大的变化，提升了沛县干部群众的自豪感和幸福指数，也引起了社会各界的广泛关注。徐州市委、市政府在沛县召开了一次规模很大的现场会议，市各部委办局和各县（市）区主要领导都出席了会议。市委、市政府主要负责同志分别在会上充分肯定了沛县的发展经验和发展成就。会议之后，徐州各县（市）区纷纷组团来沛县参观学习，也有外省、市的领导来沛县观摩考察。这次会议对我们来说，既有动力，更多是压力，我们深知沛县的发展仅仅有了良好开局，没有任何可以骄傲的资本。县委、县政府及时贯彻市里现场会精神，研究了进一步深化改革、扩大开放、攻坚克难、乘胜前进的一系列措施。

1999 年 9 月，沛县被江苏省委、省政府评为江苏省首批文明城市。这是江苏省在长江以北唯一的一个县级文明城市，含金量是很高的，对于树立沛县形象，改善投资环境起到了重要作用，再一次为沛县的发展注入了强大动力，激发了干部群众干事创业的热情，使沛县各项事业发展进入了快车道。

2001 年 8 月，因工作需要，我调到市委工作。虽

沛县新农村（一）

沛县新农村（二）

然离开了倾注八年心血的沛县大地，但对沛县的情缘永远难以割舍，始终关注着这里的发展变化。令人欣喜的是，沛县的领导班子虽然换了很多任，但坚持改革开放不动摇，他们一任接着一任干，团结奋斗的氛围一直保持下去，发展的势头越来越好。特别是近几年来，新的一届县委班子践行新发展理念，转变经济增长方式，务实创新，奋发有为，开创了由快速发展向高质量增长的新局面。据了解，2017 年全县地区生产总值已经超过了 700 亿元，财政收入超过了 50 亿元，综合实力进入了全国百强县，成了徐州市经济社会发展的排头兵。与我们当年在沛县任职时相比，无论经济规模还是城乡建设的面貌都不可同日而语了。我们在沛县工作的那个阶段只能算是艰难的起步，是由农业为主体向二、三产业发展转变的开始。

沛县的发展变化和取得的成就，足以让我们这些在沛县工作过的老同志振奋和自豪，衷心祝愿沛县的明天更加美好！

和政协委员道别的话

　　我自走上领导岗位的二十多年里，有过无数次的讲话。虽然这些讲话许多是亲手写成，有些至少也由我把关定向，指导修改成章，但至今大多没有印象了。唯有从市政协退下来时，与政协委员告别时的讲话记忆犹新，因为那是从政生涯中的最后一次讲话，还是动了感情的，因此收录进来作为纪念。

　　感谢各位委员，给我这个机会和大家说几句道别的话。按照换届政策规定，由于超过了提名年龄，我将从市政协主席的工作岗位上退下来了。对于组织的决定，我欣然接受，坚决拥护。人的生命是有限的，事业的发展永无止境。党的事业是由一茬人接着一茬人不断向前推进的，每个共产党人都应当有这个胸怀。在辞旧迎新的时候，回顾自己走过的路，在安然和坦然之余，对组织和同志们充满感激之情。我自大学毕业走上工作岗位以来，在家乡这块土地上工作了三十五年，其中在市委、市政府领导班子中工作了十五个年头。去年初，组织安排我到市政协工作，算下来与大家共事了390多天。在政协工作的时间虽然不长，但政协是我做领导工作旅途的最后一站，我十分珍惜这一段美好时光。记得去年初到政协履职时我曾经说过："老牛自知夕阳晚，不待扬鞭自奋蹄。"一年多来，我一直以这种心态勉励自己，在历届政协打下的良好基础上，认真思考谋划政协工作，尽心尽力推进政协履职，为全市改革发展、民生改善以及政协事业进步做了一些力所能及的事情，没有因为履职时间短暂而马虎应付。在履职过程中，结识了不少工作上的良师诤友，与委员们建立了真挚的友谊，这些都是我人生道路上最宝贵的财富和最美好的回忆，值得我永远珍惜和铭记。我也深知，工作中还有一些想得不周全、做得不到位的地方，对同志们的关心也很不够，但是却得到了来自各方面的支持和鼓励。特别是张国华书记和四套班子其他领导，市各民主党派、工商联、无党派人士和各界朋友，市党政各部门、县（市、区）政协以及市政协机关干部职工，都对市政协和我个人的工作给予了高度重视、真诚关心和大力支持。在此，我向大家表示由衷的感谢！

我虽然不再担任市政协主席职务，但我对政协的情结永远无法割舍。我会与其他离任同志一道，一如既往地关注和支持政协工作，保持终身不变的政协情怀。人民政协事业是薪火相传的伟大事业。本次大会选出了新一届年轻有为、履历丰富、朝气蓬勃、富有创新精神的好班子，是徐州市政协事业兴旺发达的标志。"桐花万里丹山路，雏凤清于老凤声。"衷心祝愿新一届市政协在中共徐州市委的坚强领导下，以更新的风貌、更强的担当、更大的作为，树立政协组织的良好形象、展示人民政协的独特风采，为合力谱写"两聚一高"徐州篇章作出更大的贡献。

谢谢大家！

随想

发乎性情，
止乎笔端。
形散神聚，
归于心田。

徐州人的精神

　　一方水土养一方人，中华大地幅员辽阔，地域间风情迥异，陶冶出了各具特色的历史文化和风俗民情。南方温润的气候和灵动的山水，造就了柔和细腻的人文品格。北方的冰雪大漠和辽阔草原，熏陶出了粗犷豪放的北方汉子。徐州在南方人眼里属于北方，在北方人眼里又是南方，有关徐州人的精神特质经常有人说起。有的说徐州人大气豪爽，有的说徐州人重情重义，更有人专门写过文章，叫《雄性的徐州》，据说还获得过奖励。总之，比较普遍的认识是徐州人具有刚强侠义之风。

徐州从历史中走来，对徐州人文精神的认知是有历史渊源的。《史记·货殖列传》载，"夫自淮北沛、陈、汝南、南郡，此西楚也。其俗剽轻（剽悍轻捷），易发怒。地薄，寡于积聚"。《隋书·地理志》更说，"考其旧俗，人颇骛悍轻剽。其士子则侠任节气，好尚宾游，盖楚之风焉"。北宋时期的大文学家苏东坡，曾在徐州做了两年知府，干了许多好事，对民风民俗也注重研究。他在《上皇帝（神宗）书》中言道："及移守徐州，览观山川之形势，察其风俗之所上，而考之于载籍，然后又知徐州为南北之襟要，而京东诸郡安危所寄也。""其民皆长大，胆力绝人，喜为剽掠，小不适意，则有飞扬跋扈之心，非止为盗而已。"接着他还列举了几个徐州籍帝王名字证明他的观点："汉高祖沛人也，项羽宿迁人也，刘裕彭城人也，朱全忠（朱温）砀山人也，皆在今徐州数百里间耳。其人以此自负，凶杰之气积以成俗。"距苏轼之后的600多年，又一位徐州知府姓邵，名大业。此时已是清朝乾隆年间，邵大业在徐

州干了七年，政声颇佳，即将离任徐州之前发一曲
浩歌：

> 龙吟虎啸帝王州，
> 旧是东南最上游。
> 青嶂四围迎面起，
> 黄河千折挟城流。
> 炊烟历乱人归市，
> 杯酒苍茫客倚楼。
> 多少英雄谈笑尽，
> 树头一片夕阳浮。

这首七律诗，不仅勾勒出徐州大气雄浑的山川景
象，也概括出了不同凡响的人文特色。千百年来，徐
州人一直以"千古龙飞地，帝王将相乡"为荣，"雄
杰之气积以成俗"，影响深远。

其实，纵观历史，在秦汉之前的徐州人，性格原
本是温和的。我国最早的辞书《尔雅》有云："淮海
间，其气宽舒，禀性安徐，故曰徐。徐，舒也"。《通

典》中也说"徐方，邹鲁旧国，尤有儒风"。可见那时的徐州人并无雄杰之气，过得是慢生活，且宽厚仁慈，有儒家风范。自秦以后，徐州人的生活环境和社会氛围逐渐发生了变化。一方面战乱频仍。徐州东濒大海，西接中原，北国门户，南国锁匙，战略位置十分重要，历来为兵家必争之地。从楚汉相争、三国交兵，到20世纪40年代末的淮海战役，在以徐州为中心的广大地区发生较大规模的战事400多起。徐州的城池也曾4次毁于兵燹之患。另一方面水患不断。自西汉文帝十二年（前168），黄河在河南延津县西北决口，首开黄河犯泗记录。直至宋代屡屡决口，特别是南宋建炎二年（1128），东京留守杜充决黄河以阻金兵，黄河泛道南移，在徐州大地上流经700多年，决口数百次，给徐州人民造成了深重的灾难。兵灾加水患，生存环境倍加艰难，磨砺出徐州人的斗争精神，穷则思变，要干要革命，民情风俗渐由柔顺转向强悍。

环境能造就人，人也要改造环境，顺应时代。在改革开放发展社会主义市场经济形势下，那种"雄杰之气"和强悍的民风是不适应的。我在任市委宣传部

作者工作照

部长期间，为推动思想解放，引领社会风尚，报经市委同意，在全市范围内组织开展了"三看徐州"教育，以及人文精神的大讨论。通过"跳出徐州看徐州"，引导大家把眼光放到全省、全国范围内衡量徐州的发展变化，以拓宽视野，克服盲目自满、夜郎自大的思想倾向；通过"历史文化看徐州"，进一步了解自身的发展变化过程，了解徐州在历史长河中的地位，审视既往，总结经验教训；通过"人文精神看徐州"，引导大家讨论在新时代徐州人应有什么样的精神风貌，从而激浊扬清，摒弃陋习，纯化风俗民情。在讨论的过程中，我们向全社会发出了有奖征集"新时期徐州精神"主题词的公告，激起了社会各界人士极大的参与热情，在较短时间内形成了多方讨论、研究、提炼"新时期徐州精神"的热潮，许多关心徐州的有识之士献计献策，纷纷提出自己的意见和建议。"新时期徐州精神"课题组在征集到的1500多条建议方案中，筛选出了4条表述建议方案，通过新闻媒体公开发表，请广大干部群众和社会各界评议。课题组在听取和归

黄河故道风景

纳方方面面意见的基础上，逐字逐句修改完善，然后上报市委。市委对这件事高度重视，两次召开常委会专题研究，还邀请离退休老干部代表参加讨论。最后确定将"有情有义，诚实诚信，开明开放，创业创新"作为"新时期徐州精神"，大力宣传和倡导。这四句话十六个字简明扼要、内涵丰富、朗朗上口、易读易记，一经对外公布，在社会上引起强烈反响和共鸣。许多专家学者，包括在外地工作的徐州人，通过多种形式表示赞同，认为"新时期徐州精神"的表述"根植历史，体现现实，引领未来"，反映了人民群众的愿望，是徐州人应有的价值追求、思想观念和道德风尚。一个时期以来，"有情有义徐州人"成为鲜明的人文特征。

"新时期徐州精神"的提出、宣传和倡导至今整整二十年了，我今天写这篇文章感慨万千。我们欣喜地看到，徐州的方方面面都发生了更大、更深刻的变化。徐州的城市更美了，"一城青山半城湖"成了徐州人的骄傲；徐州的人更美了，兼具北雄南秀的品格是徐州人的特质。云龙湖畔"好人园"里的一尊尊雕

好人园

像就是"新时期徐州精神"的传承和代表。我坚定地相信，未来的徐州会越来越好，徐州好人也会越来越多。

一座墓与一栋楼

在徐州市的云龙公园内，东北角有一座墓，封土高五米左右，占地三亩许。墓前立有石碑，上书"西汉太傅右丞相、安国侯王陵母之墓"。墓门朝西，有石牌坊，坊额以篆字书写"高风亮节"四字。两边石柱有楹联，上联"志节难移轻一死"，下联"精神不朽重千秋"。牌坊背面额书"母仪典范"。

西北角有一栋楼，坐落在四面环水的小岛上，建有木质曲桥与外面相连。楼的体量不大，主体仅两层，面积最多三百平方米左右，但精巧别致，飞檐翘角。

我不懂建筑，不知怎么描述。在楼顶的前后各有四角上翘，如同燕子展翅，灵动逼真；二楼门楣上方悬挂匾额，上书"燕子楼"三个字。楼的右侧建有连廊和亭阁，亭内塑有美丽的汉白玉雕塑，就是燕子楼曾经的女主人——关盼盼。

　　这一座墓和一栋楼，都是为纪念徐州的两位女性而建造。她们生活的年代相距千年，距今更是年代久远，但她们却有着感人至深的故事，至今为世人传颂，更是徐州人引以为美好的典范。

王陵母墓门

王陵母墓埋藏地下的是一位英雄母亲舍生取义，成就儿子功名大业的故事。王陵和刘邦皆为丰沛子弟，少年相好，在秦末农民起义的浪潮中，各拉起一支队伍起兵反秦。刘邦在徐州楚怀王麾下与项梁、项羽共同作战。王陵则在南阳聚众抗秦。直至刘邦入关之后，为争天下，刘项反目，开始了长达四年的楚汉战争。这时王陵率众归汉，协助老乡争夺天下。项羽闻知之后，派人到王陵驻地阳夏，诈说陵母已死，有遗嘱劝王陵弃汉归楚。王陵不信，急派使者入楚探视。项羽当即唤出陵母，让她面东而坐，私下对来使说，刘邦已被打败，现在我强彼弱，不堪一击，回去告诉王陵要识时务，不要再跟刘邦干了，否则母命难保。陵母当着项羽的面无法陈述自己的心事，便以送客为名，走出门来在来使车前泪流满面，悲愤地说道：回去告诉我儿，让他专心事汉，汉王深得民心，将来必得天下，切勿为顾念老妇怀有二心，话要千万带到，老妇以死相送了。说罢猛地抽出使者随身佩戴的宝剑，伏剑而亡。老母自刎，解除了王陵的后顾之忧，从此更加铁心事汉，在楚汉战争中屡建奇功，协助刘邦成就大业，光耀千秋。后人感念陵母深明大义，不畏生死的高风亮节，为之筑墓建坊。嗟呼！当年跟随刘邦打天下，拜将封侯的丰沛子弟，在徐州大地上已无踪迹可寻，唯有英雄母亲的墓留存千年，为后人世代修缮祭拜。

燕子楼里则蕴含着一个哀婉悲凉的爱情故事。唐朝贞元年间，徐州有一歌舞双绝且善工诗文的名妓叫关盼盼。那时的"妓"绝非现代含义，而是指在教坊专习歌舞技艺而又成绩突出者。关盼盼的容貌、文采和操守深深打动了徐州军政长官、武宁节度使张愔的心。张家在徐州威望高，势力大。张愔之父张建封曾任徐州刺史兼御史大夫、徐泗濠节度使，深得徐州百姓拥护和朝廷器重。张建封重病辞职后，在军中将士拥戴下，张愔接替了父亲的职位，且治理有方。张愔真心喜欢关盼盼，不仅纳她为妾，还在府第后花园专门建造了一栋小楼供盼盼居住。小楼建成后，经常有许多燕子飞来戏耍、栖息，成为一时景观。时间长了，人们惯称此楼为燕子楼。张愔对关盼盼恩爱有加，每有重要客人来访，都要她作陪，最能说明问题的就

徐州燕子楼

是接待白居易了。白居易的父亲白季庚曾出任彭城县令，在他 9 岁时，全家随任寄寓徐州符离长达 23 年。后白季庚因政绩显著，升任徐州别驾，一家人与徐州节度使张家有较多交往。贞元二十年（804），白居易登科授校书郎，回徐州游历时，张愔在私邸设宴招待他，不仅让盼盼出面作陪，还以歌舞相伴，并亲自下厨烹制了一道名菜"油淋鱼鳞鸡"。白居易受到高规格招待，非常高兴，当场赠诗云："醉娇胜不得，风袅牡丹花"，尽欢而去。可惜，张、关的恩爱好景不长，短短几年，张愔因病去世，归葬洛阳北邙。年轻貌美的关盼盼悲痛万分，志节不移，独守空房十余年，闭门写诗吟句打发时光。清同治年间的《徐州府志·人物传》载："盼盼感恩，誓守，独居燕子楼十年，无二志，作诗三百余章，皆以写其哀慕"。现存留的仅有三首：

> 楼上残灯伴晓霜，独眠人起合欢床。
> 相思一夜情多少，地角天涯未是长。

北邙松柏锁愁烟，燕子楼中思悄然。
自埋剑履歌尘散，红袖香销已十年。

适看鸿雁岳阳回，又睹玄禽逼社来。
瑶瑟玉箫无意绪，任从蛛网任从灰。

据传关盼盼最后的结局，还是与白居易老夫子有
关。在张愔死后十年，其堂弟张仲素前来拜访白居易。
张仲素也是个文人官员，唐贞元进士，官至中书舍人，
与白居易关系甚好。二人谈起往日亲朋故事，说到张
愔死后，盼盼"幽独快然，于今尚在"，并出示了盼
盼的三首诗作。白居易看后说，"词甚婉丽，诘其由
为盼盼作也"，感彭城旧游，作三绝句：

满窗明月满帘霜，被冷灯残拂卧床。
燕子楼中霜月夜，秋来只为一人长。

钿晕罗衫色似烟，几回欲着即潸然。
自从不舞霓裳曲，叠在空箱十一年。

> 今春有客洛阳回，曾到尚书墓上来。
> 见说白杨堪作柱，争教红粉不成灰。

诗的最后两句是说，张愔墓地的杨树已经长得可作梁柱了，可那个漂亮的女人还活着。明显有埋怨盼盼没有随夫殉情的意思。白夫子意犹未尽，过了一段时间按捺不住而"复寄一绝，微风（讽）焉"。题为《感故张仆射诸妓》诗曰：

> 黄金不惜买蛾眉，拣得如花三四枝。
> 歌舞教成心力尽，一朝身去不相随。

看到这样露骨的指责，盼盼心痛欲绝，哭诉道："自我公薨，妾非不能死，恐百载后以我公重色，有从死之妾，是玷污我公也！"她愤怒地写了一首七绝，责问舍人（白居易），为什么不能理解一个弱女子对丈夫的情感，竟会对自己没有为夫殉葬而感到惊讶！诗曰：

关盼盼塑像

自守空楼敛恨眉，形同春后牡丹枝。

舍人不会人深意，讶道泉台不去随！

关盼盼虽然回怼了白居易，发泄了心中愤慨，可终究难以消除心头的幽怨，从此不再进食，在悲愤、无助、无奈中离开了人世。是呀！我们现在的人也难以理解。白老夫子一向是有同情心的，与任江州司马时判若两人。当年在浔阳江送客，被一个琵琶女的遭遇感动得流泪，喊出了"同是天涯沦落人，相逢何必曾相识"，"座中泣下谁最多？江州司马青衫湿"的诗句。为什么对一个丧夫守节的关盼盼这么苛刻，苛求她为夫殉葬呢？分析原因，我认为是政治环境和生活环境发生重大变化，人的心境自然有很大不同。被贬之前，白居易仕途顺利，春风得意，自然站在正统的封建礼教的角度看问题。被贬之后，"我从去年辞帝京，谪居卧病浔阳城"，尝到了失意孤独、生活清苦的味道，与弱者共鸣，是完全可以理解的。

关盼盼死后，燕子楼留存下来。但历经千年，屡毁屡建，这是徐州人对燕子楼故事的追念。特别是历代文人墨客，来徐州必到燕子楼寻古探幽、凭吊往事，留下了许多诗词佳话。当朝人自不必说，如后代的苏轼、陈师道、辛弃疾、文天祥；元代萨都刺；明代阎尔梅；清代陈昙、李运昌、刘鹤仙、李施五、拾世磐、钱食芝；近代郁达夫；等等，都有凭吊燕子楼的诗作传世。

我写王母墓和燕子楼的故事，还是有点想法的。两个徐州女人，一个深明大义，以死明志；一个爱情专注，矢志守贞，都是有积极意义的。比那些描写蛇妖之恋、神人之恋的戏曲、电视剧、电影要好得多。但这两个故事流传一两千年，至今没见之于舞台。希望当代的编剧、导演等名家大腕，能深入挖掘、整理、再创作，使之有更大的传播空间。

也说刘邦与项羽

刘邦和项羽，是两千多年前徐淮地区涌现出的杰出人物。二人的家乡相距不过百里，在秦末农民起义的大潮中又结成同盟，共同为推翻秦王朝的统治浴血奋战。仅用三年的时间便大功告成，"秦王子婴素车白马，系颈以组，封皇帝玺符节，降轵道旁"（《史记·高祖本纪》），宣告了秦王朝的灭亡。

然而，鸿门宴上嫌隙显现，两个老乡为争夺天下，开始了长达五年的战争。开始时，项羽兵强马壮，拥兵四十万，号称百万，气焰极盛。刘邦仅有十万之众，号称二十万，明显处于弱势。在后来的争夺中，因为二人的性格、用人及策略上的差异，形势逐渐逆转。

项羽"剽悍猾贼"（《史记·高祖本纪》），刚愎自用，残忍霸道。曾坑杀秦降卒二十余万人；入咸阳杀死已经投降的秦王子婴；焚烧咸阳宫，大火三月不灭。在起义军内部，先是借故杀死顶头上司卿子冠军宋义而自立，灭秦后更是肆无忌惮，自封为西楚霸王，明面上"详尊怀王为义帝，实不用其命"（《史记·高祖本纪》），却在暗地里派人将其杀死江中。刘项二人在广武曾有一段对话，刘邦历数了项羽十宗罪状，可以说理直气壮，件件属实。项羽的所作所为不得人心，也失去了民心，兵败垓下时迷失了道路，向一农民问路也被故意指错方向，最后众叛亲离，自刎乌江。

刘邦"素宽大长者"（《史记·高祖本纪》），有仁爱之心，广纳人才，善于听取和采纳不同意见。他按照楚怀王"秦父兄苦其主久矣，今诚得长者往，勿侵暴，宜可下"（《史记·高祖本纪》）的要求，领兵西进关中，一路听取张良等人的意见，恩威并用，先于项羽攻下咸阳。之后还军霸上，约法三章，安抚百姓，受到广泛拥护。"秦人大喜，争持牛羊酒食献飨军士"（《史记·高祖本纪》），与项羽"屠烧咸阳秦宫室，所过无不残破。秦人大失望，然恐，不敢不服耳"（《史记·高祖本纪》）形成鲜明对比。得民心者得天下，刘邦以弱胜强，夺取政权，统一天下，开创大汉四百年基业，成为千古一帝。胜利之后，刘邦置酒雒阳南宫，号召群臣总结经验教训，说出了成功之道关键在于用人的至理名言。高祖曰："公知其一，未知其二。夫运筹帷幄之中，决胜千里之外，吾不如子房；镇国家，抚百姓，给馈饷，不绝粮道，吾不如萧何；连百万之众，战必胜，攻必取，吾不如韩信。三者皆人杰，吾能用之，此吾所以取天下者也。项羽有一范增而不能用，此所以为我所擒也"（《史记·高祖本纪》）。多么开明大肚的君主啊！不贪功，不诿过，谦虚谨慎，头脑清醒，值得后人学习。

这是一段记述明确的历史。但是，二千多年来，在一些文化圈里，贬刘褒项的声音不断，把刘邦说成一个流氓、无赖、小混混；项羽则是钢铁硬汉，虽败犹荣的大英雄。出现这些混乱，甚至错误的认知，从历史的角度看，是多种因素造成的。有的人在读史书时脱离时代，对个别词句作片面理解。如说刘邦是"无赖"，在司马迁《史记》中确有此字，但要历史地、全面地理解其义，不能用现代的思维作解释。《史记·高祖本纪》载，未央宫建成以后，刘邦在前殿置酒大宴群臣，请他父亲太上皇参加。在给父亲敬酒时开玩笑道："始大人常以臣无赖，不能治产业，不如仲力。今某之业所就孰与仲多？""殿上群臣皆呼万岁，大笑为乐"。查古辞典，这里所说的"无赖"当作无才、无能理解。也就是说高祖在小的时候不太会种田，父亲责备他无才无用，不如哥哥，是很正常的事情。刘邦布衣出身，初为基层小吏时，其职能相当于现在的派出所所长，生活环境和语言环境接触的都是底层人士，史书里对他起义之前的描写，是符合底层官员身份的，无论如何上升不到"人品"问题。

还有的文人受到压抑，对现实不满，借古讽今或借古抒怀，歪曲了历史，对后世影响很大。最典型的要数元代杂剧作家睢景臣。他的代表作《哨遍·高祖还乡》，取材于刘邦当皇帝后，平淮南王黥布谋反，顺道回沛县老家的故事。作品完全背离了历史真实记述，以嬉笑怒骂的手法，从一个熟悉刘邦底细乡民的视角，揭露他发迹之前的种种丑陋行为，把刘邦"威加海内兮归故乡"的辉煌之举，描绘成一场滑稽可笑的闹剧。该曲还对那些趋炎附势的乡绅忙着接驾的丑态进行讽刺。单从艺术的角度看，作品是有很高艺术成就的，但是对后人正确认识历史事件和历史人物是没有帮助的。睢景臣是元朝文人，在异族统治下无缘出仕，内心是压抑和痛苦的。他们不敢诽谤当朝，只能借古讽今。那时元朝的皇帝每年都回一次老家上都，睢景臣抓住这一点，通过丑化千年之前的汉高祖来影射当朝，发泄胸中郁闷。

宋代大词人李清照《夏日绝句》："生当作人杰，死亦为鬼雄。至今思项羽，不肯过江东。"看似赞美项羽，实则借题发挥，抒发内心悲愤。她借项羽自刎乌江这一历史典故，鞭挞南宋王朝软弱无能，抛弃中原大地，苟且偷安的行径。同时，也是对其丈夫赵明诚的无情嘲讽。赵明诚在任建康知府时，城内发生叛乱，他作为地方主官贪生怕死，不顾城内百姓和妻子的死活，独自翻墙逃脱。这一行为让李清照感到极度失望和愤怒，从此二人关系开始疏远。后来夫妻二人乘船路过乌江，李清照浮想联翩，她想到了千年之前的张良、萧何、韩信"皆为人杰"，帮助刘邦逆境崛起，成就大业。眼前又浮现出项羽兵败乌江，不甘屈辱，拔剑自刎的悲壮场景。这些都与软弱无能的南宋当局，以及自己弃城而逃的丈夫形成多么鲜明的对比。诗人文思泉涌，写下了千古传颂的《夏日绝句》。后世人每读此诗，往往以为是在歌颂项羽，实则借古讽今、以诗言志。

退休之后，学习历史，探究古人的故事也是一种乐趣。近来再读《史记》，联想当今社会上一些人对刘邦和项羽的评价，有一些自己的认识，分享给大家，敬待批评指正。

新客拜年

老朋友到一块容易忆旧。前几天几个老乡聚会，聊起家乡往事，倍感亲切。中华文明历史悠久，源远流长，在儒家思想的熏陶下，凡事讲究礼仪，但具体到每一个地区，表现形式又有所不同。这就是人们常说的"百里不同俗，十里变规矩"。比如说新婚夫妻第一年到岳父家拜年，在我们那里就很有讲究。

姑爷是客，新婚的姑爷叫新客。在丰县的方言里，客要读作 kei，否则就没有味道了。在 20 世纪七八十年代之前，精确地说是在改革开放之前，新客拜年是一件很隆重的事情。虽然婚前在媒人的介绍下，男女之间也见个面，相看一下，但一般不会随便去对方家走动的，更不会像现在的年轻人婚前经常一起看电影、下馆子。因此，新客拜年多是第一次到岳父家公开亮相，男女双方家庭都很重视，需做许多准备工作。

从男方家庭来讲，一是要准备一份厚礼。在当时无非就是糕点（丰县人叫果子）、白酒、猪肉、鲤鱼之类，讲求实惠的还可以拿白面馒头、自己包的水饺（丰县人叫扁食）等。如果新娘子家里还有爷爷奶奶、叔叔大爷等近门亲人，就要多准备几份，数量可以少一些。二是要选定一个背筲箕（丰县方言读 yuan zi）的人，也称"随客"，主要是帮助携带礼品。同时，万一新客喝多了酒也好有个照应。选择的这个人一般是新客的好友或平辈兄弟。三是置办一身像样的衣服和出行工具。以现在的生活水平衡量，这些都不算事，但在那个年代可不容易。有的需要临时借别人的衣服鞋帽，有的需要借用别人家的自行车。总之，第一次登门得打扮得像个样子，让女方家人看得起。临行前父母长辈还要交代注意事项，诸如说话讲分寸，喝酒不贪杯，等等，再三叮嘱不能失礼。

从女方家庭来讲，新客拜年，一辈子只此一次高规格礼遇，马虎不得，招待一定要周全。首先是倾其所有准备一桌好饭。要提前请厨师（丰县称为焗长）来商定菜肴标准。一般人家多是八个凉菜、八个热菜，外加整鸡整鱼两个大件，称两大件的席。家庭条件较好、标准再高一点的做到四个大件的席，也就是多加一个肘子和四喜丸子之类的。烟酒的标准都是根据各家的实际情况而定，总是尽量要好一些。其次是要选择陪客的人。陪客的人也很有讲究，一般是由平辈或晚辈作陪，长辈是不便上桌的。为了体现尊重，必须把新客安排在上首座位，如有长辈在席，新客是不便坐的。除此之外，还要尽量请有身份的人作陪，比如村镇干部或在外地工作见过世面的人，以显示人缘关系和社会地位。

拜年的日子多数是选择在大年初四，因为初二、初三要去给姥姥、姑姑家拜年，另一方面也给岳父家留出两天的准备时间。但这也不是法定的日期，有的亲戚不多，定在初二、初三也是有的。那时候没有机

动车辆，新客拜年有的挑担子、拉板车，骑自行车算
是比较阔气了。

春节期间，是农村最清闲、最放松的几天，村民
们除了走亲戚就是串门侃大山，有新客拜年是全村最
有看点的事。新客一进村，街道两边就站满了人，指
指点点，评头论足。从新客相貌仪表、携带礼品多少、
行为举止等都要点评一番。特别同村如有两家以上新
客拜年，还要相互作一番比较。这时候陪客的人要抓
紧把新客迎进门来，与家人热情寒暄后让进上房，奉
茶敬烟，稍事休息，然后开始拜年。

所谓拜年，就是行磕头礼，一般由一名陪客的人
引领，相当于司仪，按照辈分大小的顺序进行。首先
给爷爷奶奶磕头，然后是岳父岳母，对于这几位老人
要实实在在地磕头，不能虚假。司仪把事先准备好的
红色包袱皮铺在地上，新客跪在上面磕头，以免脏了
衣服。至于近门本家长辈，新客拜访到即可，不一定
真的磕头，避免耽误时间或造成对新客不尊重的感觉。
据传有一家新客拜年，陪客的人不太明白事理，引导
客人走遍全村，每家长辈都要磕头，搞的新客厌烦，

路过牛舍看到一头驴，跪下磕了一个头，场面非常尴尬。这件事应该说双方都处理得不好，成为笑谈，流传很久。

磕头行礼之后就是宴客，这是整个拜年环节最重要，也是很有看点的地方。因为置酒待客既是礼仪，表示对新客的欢迎和尊重，同时对客人的酒量、应酬能力也是考验。

时代在发展，社会在进步，经济的繁荣带来了农村婚嫁习俗的重大改变。现在的年轻人再也感受不到新客拜年的那种拘谨和激动。我把这种有趣的习俗记述下来并不是复古，而是供后人了解一个地方的民俗文化。

捕蝉的乐趣

蝉是一种招人喜爱的昆虫，从古至今，备受中国文人的青睐，不仅有很多关于蝉的成语典故，还创作了许许多多以蝉为题的诗词。翻看古诗集，咏蝉的诗作不胜枚举，有一首我比较喜欢，就是初唐官员兼诗人虞世南的《蝉》：

垂緌饮清露，流响出疏桐。

居高声自远，非是藉秋风。

此诗托物言志，短小精练，含蓄委婉，韵味悠长。我小时候生活在农村，不懂得欣赏蝉的"栖高饮露，清高风雅"，只注重实用价值。那时家里穷，一年到头难有肉吃，赶着季节捉些蝉来解馋是很好的享受。

在我的家乡，蝉蜕壳羽化之前叫知了猴，羽化之后叫知了，可能是因为它的鸣叫声音而得名。每到初夏季节，房前屋后的树枝上爬满了蝉，"知了知了……"叫个不停。蝉的繁殖是将卵产在弱小的树枝里面，夏季的风雨将干枯的树枝吹落在地上，蝉卵经雨水的帮助，慢慢沉入地下，需在土壤中生长发育三年左右时间，就长成了蝉的前身——知了猴。春回大地，万物复苏，知了猴开始萌动。夏季里的暴雨把土地浇灌得松软，知了猴就会顺势钻出地面，爬上树枝，开始了新一轮的生息繁衍。

知了猴和知了都是可以吃的，蜕变之前的知了猴更加鲜嫩味美。每年麦收过后，就到了捕捉知了猴和知了的季节，这件事对农村的孩子来说，充满了童年的乐趣。傍晚时分，是知了猴破土而出的黄金时段，我们纷纷走进村旁的树林里，睁大了眼睛，低头弯腰在地面寻找。如果发现了像黄豆大小的洞口就有了希望，用小手指抠去顶部的土，洞口变得大如蚕豆就有戏了，找根柴草棒慢慢插进去，知了猴会紧紧地抓住草棒，小心地提起，就把知了猴带了出来。太阳落山后，天渐渐黑了下来，这时知了猴大多已钻出洞窟，有的在地面爬行，有的爬上了树干，我们便打开手电筒，借用光的照射捕捉。一个晚上两小时左右，运气好一点可捉到二三十只，最差也能捉三五只。捉回的知了猴用清水洗净，放在盛食盐的坛子里，第二天烙馍时，放在鏊子上炕了吃，如果再滴上一点油就更香了。我们在吃的时候不舍得一口吃掉，总是一点一点地品尝，感觉是世界上最好的美食。

捕捉知了要相对麻烦一些，因为蜕变羽化后，知了栖息在高高的树枝上，而且有飞行的本领，不容易捉到，我们是采取两种捕捉方法。白天捕捉主要是用高竿黏粘，就是选一根长长的竹竿，顶端插上一截粗点的铁条为工具。再用白面和成黏黏的面筋，裹在铁条上即可。双手举着长竿，悄悄贴近知了，粘住翅膀迅速抽竿，捕捉成功。晚上捕蝉的场面是比较热闹的，

依据飞蛾扑火的原理，三五个小伙伴在树下点燃一堆
篝火，身手敏捷的孩子爬上树去，摇晃树枝，蝉便向
着火堆飞去，雨点般地落在树下，似这样，二三棵树
便能捕到半水桶。羽化后的知了壳比较硬，没有知了
猴那么鲜嫩。我们拿回家除去薄薄的翅，用菜刀剁碎
配上青椒煸炒，如果再放进两个鸡蛋就更好吃了。

　　长大后离开了农村，便失去了这些乐趣，已近古
稀之年还是挺怀念的。现在每到夏季，老家的孩子们
都会送一些知了猴给我，不过都不是他们亲手捉的，
而是从市场上买来的。据说现在金蝉可以养殖，发展
成了一个产业。任何事物都是在发展进步，有经营头
脑的农民，承包下以前无人耕种的林地或荒滩，买来
蝉卵埋在树下，两三年长成知了猴就有了收益，而且
价格不菲，刚上市时每只要一块多钱，成为餐桌上的
高档菜肴。

　　唉！任何事物都有两面性。当我们享受现代文明
的同时，就没有了手工劳作获取的满足与欣喜。当蝉
成了一种商品，也就失去了文人墨客咏蝉的雅性。

亮点

　　这里所说的亮点，是指一个地方的闪光点，也就是经济社会和文化发展方面值得称道的地方。最近，我们一行人跟随同事到他的故乡单县去了一趟。单县距徐州不远，与我们的丰县毗邻，只有两小时的车程。因此在徐州人的脑海里，似乎对单县不陌生，但又很少有人说得清楚情况，同行的七八人中几乎没有人到过单县。这也难怪，距离虽近，但在行政区划上分属两省，人员往来不多，在社会活动中的交流联系也相对就少些。这次我们在单县住了一晚，看了一天，总的感觉城镇建设不怎么豪华，但街道还算整洁干净；市面上不怎么繁荣，但百姓安居乐业，呈现出祥和气象。当地的同志很热情，带我们参观了几个地方，与想象中的单县大不一样，确有不少亮点可以说道说道。

先说单县的美食，羊肉汤堪称一绝。就像成都的火锅店，单县城的街巷中随处可见羊肉汤馆，什么"头一锅""三义春"等字号琳琅满目。据传单县羊肉汤历史悠久，西汉开国皇帝刘邦的夫人吕雉，是单县吕太公之女，烹得一手味道鲜美的羊肉汤。刘邦登基之后，频以单县羊肉汤犒赏群臣，赢得忠贞拥戴，因而国泰民安。一锅鲜汤沸腾千年不息，氤氲民间不绝，被载录《中华名食谱》，为唯一入谱之汤。我们在单县的一日三餐均有羊肉汤入席，大饱了口福。制作羊肉汤分为白汤和红汤两种不同口味。白汤浓香，味道醇厚，多以早餐为宜。红汤清香淡雅，鲜美爽口，以中、晚餐食用为佳。早年，单县的传统是晚上不卖羊肉汤的，只有早晨和中午营业。二十多年前我即将离任沛县时，曾有一天晚上专门来单县喝羊肉汤，看到所有店铺关门打烊，只好扫兴而返。当时很不理解，晚上正是消费高峰，为什么有钱不赚呢？据说这是一种营销方式，如果晚上还在卖，说明生意不好，白天没卖掉，人气不旺。个人认为也可能与以前人们的消费能力和消费习惯有关。现在这种传统已经被打破，晚间消费日渐繁荣了。

单县历史悠久，底蕴厚重。县城有一条主要街道叫"舜师路"。查阅资料方知，中原部落联盟的首领舜帝，曾拜单卷为师。单卷部落生活在单县一带，是得道高人，也是道德楷模，深受当时社会的称赞，被尊称为单父，秦朝时置单父县，直至明洪武初年，去父字而称单县。为彰显历史，单县政府把重要街道命名"舜师路"。现在单县城内最著名的文物古迹要数牌坊了。据传从宋元至清末，有记载的达百余座，单县也因此有"牌坊县"的美誉。牌坊也叫牌楼，是一种门洞式纪念性建筑物。旧社会用以宣扬封建礼教，标榜功德。据说至清末民初，单县尚存有牌坊三十余座，均为石质，四柱三间，斗拱重檐，雕刻精美。令人惋惜的是在后来的岁月中多数已毁弃了，现仅存的两座为百狮坊和百寿坊，气势恢宏的建构、巧夺天工的雕刻让我们惊叹不已。百狮坊因坊体夹柱上精雕一百个石狮而得名，于乾隆四十三年（1778），为赠文林郎张浦妻朱氏而建，因而也称张家牌坊。百狮坊通高14米、宽10米，运用了圆刻、透雕、平雕、浮雕相结合的技法通体雕刻。全坊共有四根立柱，每根立柱各倚两夹柱，上雕雄狮蹲坐，狮子巨头卷毛突目，隆鼻扩口利齿。每只雄狮身上都攀附着5只小狮子，有的扑闪相戏，有的挠痒自娱，形态各异。在夹柱的前面和左右三面浮雕圆形松狮图，古松苍劲，幼狮或三或两，蹦跳翻滚，争戏绣球，憨态可掬。全坊共雕8只大狮、92只小狮，形态各异。百狮坊因此居所有牌坊之首。

百寿坊是因坊心环雕一百个不同形体的"寿"字而得名，寓意福寿绵长。此坊通高10.3米、宽8.1米，同样运用圆刻、透雕、平雕和浮雕相结合的技法通体雕刻，生动雕刻了狮子、龙、凤、鹤等多种动物，以及牡丹、梅花、松石、竹篮等多种花草物品。牌坊的底座环雕有24幅画鸟，生动逼真，寓意美好，充分表现出我国古代石工匠心独运的艺术构思和炉火纯青

单县百寿牌坊

的雕刻工艺。百狮坊和百寿坊2013年被国务院批准为国家级重点文物保护单位。参观的时候我们被精美的雕刻艺术和厚重的文化价值深深吸引，流连忘返。第二天一大早顾不得吃早餐，我又驱车前往观赏，拍下了几张珍贵的照片。

不来单县还真不知道，距县城10多公里有一处很大的湖泊叫浮龙湖。水域面积20多平方公里，相当于四个杭州西湖的大小。据介绍，浮龙湖水域为原中国四大名泽之一的孟渚泽遗址，自古有很多名人雅士来此隐居或游历。传说舜帝的老师单卷原居于此，舜多次来此问政；道教始祖老子在此隐居，悟出了"上善若水"启迪后人；孔子周游列国，曾三次来此向老子问礼；李白、杜甫、高适、陶沔联袂游猎孟渚，赋诗抒怀，留下了许多诗词古韵。到了明代，黄河在河南决口，洪水冲击而形成了平原湖泊。目前浮龙湖已被授予国家4A级旅游景区、国家级水利风景区、国家湿地公园等荣誉称号。我们驱车绕湖半周，又乘船至湖心，天色已晚，见碧波荡漾，水天一色，鸥鸟归巢，鱼虾潜底，顿觉心情怅然，有来此恨晚的感觉。听介绍，单县政府又做了更宏大的规划，全力建设 5A 标准国家级旅游度假区，规划面积近 60 平方公里，采取休闲、观光、商务、度假四轮驱动模式，积极招商引资，打造中原地区旅游度假高地。我也相信，以山东人的坚韧和实干，这个目标会实现的。

单县是革命老区，属于湖西根据地。为弘扬老区精神，传承红色基因，他们在县城中心最好地段的开（音 jiān）山公园内建设了"红色湖西革命教育基地"。以"民心是中国共产党永远的根据地"为主题，围绕"先有共产党员真心为民，后有老百姓生死相依"的主线布展，讲述抗日战争、解放战争和新中国成立后的湖西红色故事，再现了波澜壮阔的湖西革命史。单县并不富裕，财力也不雄厚，能筹资建设红色教育基地，说明他们初心永恒、接续奋斗的决心，这一点令我非常感动。

单县之行时间不长，所见所闻很有感悟。中国有 2800 多个县（市）、区、旗，因所处区位、资源环境、历史文化等方方面面的差异，经济发展的水平有高有低，增长速度有快有慢，但尺有所短、寸有所长，各地都有自己的长处和亮点，只要我们用心观察和体验，你会觉得我们国家每个地方都是那么可爱。

山水天全看桐庐

参加工作以来，我曾经到过许多的县城，每到一处都习惯观察市容市貌、生态环境。各地的风景大有不同，有的开阔大气，有的紧凑精巧，有的繁华热闹，还没见一处如浙江的桐庐这么有特色。前几天我们老促会的几位同志，去丽水市考察学习革命老区共同富裕的经验，途经桐庐地面，我被这座小城的美丽深深吸引和感动了。沿途青山叠翠、碧水荡漾，粉墙黛瓦的村舍依山而筑，秋叶与山花烂漫多彩，桐庐的每一处景致都宛然天成，却又透着巧妙的匠心。

我们索性住了一宿，清晨早起漫步在无人的街道上，突见城外山峦之间云雾蒸腾，朵朵白云如雪似练，缠绕在半山之腰，犹如仙境。霎时日出云散，乃现群山真容，赤橙黄绿青蓝紫，各色树种构成一幅巨大的画图。伸腰展臂做一个深呼吸，空气清新湿润，透着丝丝凉意，令人心旷神怡。早餐后，在当地人的引导下游览了几个地方，加深了对这个城市的了解。桐庐是浙江省杭州市所辖县，位于杭州市西部不足百里之处，风景秀丽的富春江穿城而过，四面青嶂环抱、错落有致，是一座典型的山水城市。放眼望去，远山含黛，蜿蜒起伏，斑斓多姿；近水潋滟，溪流涓涓，江水澄透，清澈见底。山水之美只是这座城市的形，诗与画的传承才是她的神韵。自汉代以来，这里的山水吸引了大批高人雅士到此隐居修行，吟诗作画，留下了许多他们的踪迹和墨宝。

名人遗踪当数严子陵钓台，据传为东汉严子陵隐居垂钓处。严子陵，名光，字子陵，少年即有很大名气，曾与光武帝刘秀同游学，交情甚厚。刘秀当了皇帝后，他隐身不见。刘秀三番五次邀请，并授谏议大夫之职，他仍然不就，乃隐身耕钓于富春山，八十而终。后人感念他不慕功名、洁身自好的高尚人格，写下了许多赞美的诗文，建了一些纪念设施，有祠堂、牌坊、碑廊等。苏东坡有"算当年，虚老严陵。君臣一梦，今古空名"的词句。陆游有"一竿风月，一蓑烟雨，家在钓台西住"的描述。元代有一个词人叫周巽（音 xun），虽然没有宋代词人名气大，但他写了一首词《钓台》,讲严子陵的故事,还是很有味道的:"桐江上，一丝风。羊裘坐危石，轻雪落寒空。故人乘龙忽相忆，徵起终辞谏议职。夜惊星动紫微垣，晓见云归翠萝壁。振衣独立富春山，鱼鸟亦知心事闲。清风高出云台表，遗迹长留山冰间。"北宋名臣范仲淹在桐庐任职期间曾修建严子陵祠,并作《严先生祠堂记》,文中的"云山苍苍，江水泱泱，先生之风，山高水长"已成千古绝唱。

最有代表性的画作是黄公望与他的《富春山居图》。黄公望出生于江苏常熟，本名陆坚，不幸父母早亡，过继给浙江温州黄公为子。黄公望子久矣，固将陆坚改名为黄公望，字子久。黄公望幼年聪慧，但

严子陵钓台牌坊

命运多舛，半生坎坷。他当过小吏，进过监狱，做过道士，50岁之后悟透人生，流连山水，痴迷画作。79岁时，黄公望和师兄无用结伴游历富春江，见这里山水秀丽，灵气逼人，江水清澈，舟船游弋，他陶醉了，决定不走了，定居在富春江边，开始了成就他一生的画作《富春山居图》。整整用四年时间，完成了这幅传世之作，巨幅画卷长7米，将他看到的风景、悟到的人生都表达了出来。按照约定，他将这幅画送给了师兄无用，四年之后黄公望去世了，而这幅画的传奇才刚刚开始。600多年过去了，画作在历史的长河中辗转留传，演绎出说不完的动人故事。最为传奇的是明代画痴吴洪裕要焚画陪葬，将画作烧成两段，被后人装裱成了两部分。现分隔海峡两岸，令人万分遗憾，企盼早日合璧。《富春山居图》是我国山水画的巅峰之作，成为中国十大传世名画之一，有"画中之兰亭"之称，奠定了黄公望中国画坛的历史地位。我在想，是富春江的山水成就了黄公望，还是黄公望的画作塑造了桐庐，这确是一个很好的话题。

文人墨客歌颂桐庐，赞美富春江的诗词更是不胜枚举。据 2020 年首发的《桐庐古诗词大集》载，历代描写与桐庐有关的诗人有 1900 多位，诗词达 7400 余首，使桐庐成为中国古诗词县级之翘楚。晚唐有个诗人叫吴融，曾写下"天下有水亦有山，富春山水非人寰。长川不是春来绿，千峰倒影落其间"。宋代苏东坡、陆游都有词作写富春江的美景和严子陵的故事。桐庐人最推崇的还是范仲淹的《萧洒桐庐郡十绝》。

> 潇洒桐庐郡，乌龙山霭中。
> 使君无一事，心共白云空。

> 潇洒桐庐郡，开轩即解颜。
> 劳生一何幸，日日面青山。

> 潇洒桐庐郡，全家长道情。
> 不闻歌舞事，绕舍石泉声。

潇洒桐庐郡，公余午睡浓。
人生安乐处，谁复问千钟。

潇洒桐庐郡，家家竹隐泉。
令人思杜牧，无处不潺湲。

潇洒桐庐郡，青山半是茶。
新雷还好事，惊起雨前芽。

潇洒桐庐郡，千家起画楼。
相呼采莲去，笑上木兰舟。

潇洒桐庐郡，清潭百丈馀。
钓翁应有道，所得是嘉鱼。

潇洒桐庐郡，身闲性亦灵。
降真香一炷，欲老悟黄庭。

潇洒桐庐郡，严陵旧钓台。

江山如不胜，光武肯教来？

范仲淹不会想到，他的十绝诗咏帮了后世大忙，使得他们打响了"潇洒桐庐郡·中国最美县"的品牌。为了感谢和纪念这位老父母官，桐庐建设了范仲淹纪念馆，供后人学习瞻仰，还被有关部门授予各种文化教育示范基地。

桐庐不愧为旅游胜地，诗乡画城。但是，它距杭州很近，又属杭州所辖，知道杭州的人太多，了解桐庐的人甚少，就像古代大户人家的丫鬟，即使长得再漂亮，外人关注的仍然是小姐。桐庐，委屈了。

彭城新唱大风歌
——徐州特色文化建设的实践与探索

"大风起兮云飞扬，威加海内兮归故乡，安得猛士兮守四方。"一曲《大风歌》，生动地传达了彭城——徐州传统文化的神韵。而今，徐州人民以面向未来的博大胸襟和气魄，致力于保护、开发、利用两汉文化、名人文化、军事文化等特色文化优势，以此作为城市独特个性与魅力的依托和提升城市档次、拉动城市经济的重要支撑点，唱出了一曲洋溢着新时代精神的大风歌。

保护与发展并重，全面整理文化资源

徐州有着灿烂的古文化遗存和独特的人文景观。10 多年来，徐州市委、市政府确立了首先要做大做强特色文化品牌的发展思路。

整理、抢救和保护好文化资源是特色文化建设的第一步。徐州的汉文化资源十分丰富。目前全市已调查发现文物古迹 400 余处，收藏文物达 4 万余件。为了将汉文化资源保护好、利用好，1985 年，在完成汉兵马俑的发掘后，徐州成立了遗址性的兵马俑博物馆，还相继建立了多处汉墓遗址公园。1989 年又兴建了徐州汉画像石艺术馆，现在正着手二期扩建工程。1997 年，又扩建了徐州博物馆，将"汉室遗珍"作为展馆的一个重要组成部分。徐州的名人文化遗址也得到了较好的保护和利用。位于徐州统一街的彭祖祠、博物馆内的彭祖井，作为市内原始文化的代表得到了妥善保护；黄楼、燕子楼、放鹤亭、东坡石床、饮鹤泉、苏堤、显红岛等与苏东坡有关的人文古迹，经市委、市政府的统筹规划，已开发建设成东坡文化风景带。

徐州有戏马台、九里山等古战场遗址，又有解放战争中的遗址。目前，市委、市政府正着手筹备两项工作：一是以淮海战役纪念塔为基地，建成淮海战役全景图，作为爱国主义教育活生生的教材；二是突出九里山楚汉相争主题，开发建设九里山古战场遗址，作为徐州文化旅游的特色景点。

在保存和弘扬历史文化遗产的同时，徐州还坚持特色与创新并举的原则，创造并积累新的文化财富。徐州所辖六县(市)都开发出了属于自己的特色文化品牌。邳州是闻名遐迩的"中国现代农民画之乡"；睢宁儿童画已进入世界儿童艺术的宝库；沛县对唢呐、武术等民间艺术重新进行编排整理，使这些传统文化项目既突出历史渊源和区域特色，又融入新的时代精神；铜山区黄集镇的面塑艺术、汉王镇的石刻艺术已由原来的小作坊转向集约化、规模化生产。这些风格多样的特色文化，为提高徐州的文明程度作出了突出贡献。

加大宣传力度，提高特色文化的影响力

为了让徐州特色文化声名远播，甚至走向世界，市委、市政府不断加大特色文化的舆论宣传力度。

利用各种媒体。除争取在中央一至七套及江苏卫视等有关栏目介绍徐州文化外，还利用美国斯科拉电视网"华东神韵"栏目、凤凰卫视欧洲台"看江苏"栏目，每月至少播放一档专门介绍徐州文化的节目。中央国际广播电台华语台与英语台的"友城之窗"栏目半个月介绍一次徐州地方文化。国内重要的报刊不定期地登载有关徐州地方文化的文章。美国的《侨报》、法国的《欧洲时报》、香港的《商报》每月也都各出一期"徐州新闻专版"。随着互联网的日益普及，市委、市政府还制作了"锦绣徐州"网页，将徐州文化的风采展示给世界各地。

利用各种文化节、旅游节、艺术节。一方面，积极参加全国各地举行的各类文化、旅游交易会，积极推介徐州的文化产品和旅游资源。在江苏省首届社区艺术节、首届农民艺术节上，徐州就有多项文化产品

获奖。另一方面，自办活动，如彭城文化节、沛县刘邦文化节、99 金秋看徐州系列旅游、2001 年徐州首届旅游交易会暨彭城金秋旅游节等。所有这些，都产生了较大影响。此外，徐州还借"齐鲁民间文化游"大型活动之机，以"领略两汉文化，饱览彭城风情"为主题，举办了"两汉文化精品探访游"等特色鲜明、丰富多彩的文化旅游活动。

扬帆出海，在异域展示独特风采。1988 年 1 月，《中国徐州文物珍品展》在澳大利亚举办，揭开了徐州对外文化交流活动的序幕。近几年来，徐州的对外文化交流活动日益增多。1998 年 5—10 月在奥地利举办的《中国徐州汉代文物珍品展》，展出文物 112 件（套），为当年中国文物出展之大宗。同年 10 月，徐州市还与法国圣太田市联合举办了两市新石器时期文物对比展，显示了很高的文化品位。与历史文化同步，徐州的现代艺术也在加快对外交流的步伐。1995 年 6—7月间，中国徐州青年艺术团到达日本，在知多半岛掀起了一股"中国戏曲艺术旋风"。1998 年 10 月，中国徐州民乐民舞艺术团赴日本半田市演出，集中展示了

徐州文化的民族气派和独特魅力。2000 年 5 月，著名
国画艺术家马奉信应澳大利亚大丹德农市政府之邀，
与澳大利亚艺术家一起为该市政府展厅创作了一幅大
型绘画。丰富多彩的民间艺术也是徐州对外文化交流
活动中不可或缺的重要组成部分。在法国巴黎举办的
《中国徐州画展》，在日本举办的中国徐州民间面塑艺
术现场表演和花轿表演，在新加坡举办的《邳州中国
画展》等，都因其鲜明的文化特色和地方风情产生了
广泛的国际影响。

继承与创新并举，把资源优势化为现实优势

面对丰富的历史文化资源和生机勃勃的当代文
化，徐州在社会主义现代化建设中成功地实现了特色
文化建设与现代名城建设的融合。

民族精神是一个民族赖以生存和发展的精神支
撑。在徐州文化中，不仅积淀着一代又一代徐州人的
智慧和创造，而且贯穿着昂扬向上的民族精神。徐州
坚持把弘扬以爱国主义为核心的民族精神作为特色文
化建设的核心内容。淮海战役烈士纪念馆建馆 37 年

来，共举办不同规模和形式的教育活动千余场次，受众达 3000 多万人次。

近年来徐州推出的一些文艺精品，如获省第四届"五个一工程"奖的长篇小说《悠悠天地人》、电视连续剧《小萝卜头》、戏剧《一门三烈》、电视专题片《半个世纪的对话》、大型柳琴戏《解忧公主》等，都自觉地以弘扬和培育民族精神为己任，在塑造徐州人民昂扬向上的精神状态，激发他们热爱祖国、建设家乡的豪情方面，发挥了积极作用。

徐州被列为国务院公布的第二批国家历史文化名城之后，在城市建设上也努力实现特色文化建设与现代名城建设相融合的原则，努力把物态的文化遗存汇入现代城市文明，塑造徐州古朴雄浑的外部形象，发挥徐州"北走齐鲁、南扼濠泗、东临大海、西接中原"的优势。在发展社会主义市场经济的新形势下，市委、市政府加快优化经济结构的步伐，提高经济的文化含量，将徐州军事文化折射出的区位优势转化为经济发展优势，通过构筑大交通、建设大市场、发展大贸易、搞活大流通,变"兵家必争之地"为"商家必争之地"，营造大进大出的商贸流通格局。为此，先后兴建了中央电视台外景基地"徐州汉城"沛县汉城公园、仿汉县汉城公园、仿一条街等旅游景点。在建设中国淮海食品城时，注意吸收彭祖文化的精华，精心设计建造了占地 15.3 公顷、10 万平方米的饮食文化村，不仅丰富了食品城的文化内涵，而且带动了徐州旅游业、餐饮业的发展。市委、市政府还十分重视开发现代名人文化，先后两期对李可染旧居进行修复整治，并预备建设可染文化街。这些举措将进一步提高城市的文化品位，带来可观的经济效益和社会效益。

文化传承和发展的历史表明，无论是民族文化、地域文化，还是城市文化、农村文化，要得以流传和发扬光大，就必须在与时俱进中始终保持自身鲜明的个性和特色。在发展特色文化的进程中，徐州越来越强烈地认识到：有特色才有生命力，有特色才有影响力；必须坚持优秀传统文化同现代文明密切融合，古为今用、推陈出新、强化个性，创出特色。可以预见，徐州这座文化名城将会焕发出更加蓬勃的生机与活力。

富乃生和　贫乃生津

——读小说《田老大进城》

"小小说征文专号"，大大活跃了《淮海》版的版面。不同风格、不同题材的作品如早春原野初放的花卉，使人顿觉耳目一新。崔贤光同志的《田老大进城》就是这花丛中的一朵。文不在长，清新为佳。本文不过八百字，情节简单，结构不繁。但在同类题材的作品中却不落窠臼，别出新意，确是一篇好文章。

十年浩劫，民生凋敝。由于农村经济政策的反复无常，农民生活更苦。乡下佬田老大因为手头"紧"，不得不乞食于城里的儿子。因为"工资低"，媳妇是"笑脸送走公爹苦脸报怨丈夫"。因而田老大"一气之下，三年没有进城"。

党的十一届三中全会后，随着经济政策的调整改革，城乡人民生活如脚蹈梯——步步高。城里的儿子、媳妇"工资各长两级"，"正向生活现代化进军"。儿媳为了摒弃前嫌，准备新购置电视机，"给老爷子破费个二百三百的"。农村因实行了联产承包责任制，"一天一个金豆子"。田老大吃喝有余，给儿子寄来存款三百元，还邀请儿子和媳妇来"尝尝乡下人的城市生活"。

三年之前和三年之后，田老大家的家庭关系发生了从疏到亲、从冷到热的大变化。根本原因在哪里？追根溯源，在于党的政策变了。十年浩劫使人穷，三中全会叫人富。真像俗话说的那样"富乃生和，穷乃生津"呀！

我的老哥呼雷科夫

呼雷科夫是我的朋友，年龄比我大十几岁，所以我叫他老哥。我当科长时他已是处级领导，因此也算是我的领导。听了这个名字，您可能认为他是个洋人，其实是地地道道的中国人，而且是从农村走出来略带土气的乡下人，脸上还带有一些旧社会留下的烙印。他性格温和，为人善良，与人相处很好。

此人真名实姓叫王大勤，呼雷科夫是我们送他的外号，书面语言叫绰号。说起这个绰号有很多故事，主要因为大勤同志打呼（医学语言叫打鼾）水平超高。

1984 年至 1993 年，我在市委办公室工作期间，与王大勤同志有较长一段时间的接触。他在市政府先任办公室副主任，后来任副秘书长，一直帮助分管农业的副市长工作，我们经常有机会一起搞调研，筹办会议或陪领导出差。那个年代的经济条件还不是太好，到外地出差都是两个人或者三个人住一个房间。因大勤同志打呼水平高，其他同志不乐意与他同住，多数时候我们俩人一个房间。他虽然年长我十几岁，职务也比我高，但很谦恭，体贴人，每每都推让我先睡，意思等我睡熟后他再睡，避免影响我。我也不客气，抓紧洗澡、刷牙等准备上床，我的准备工作还没有做完，他双手抱头，靠在被子垛上已呼声如雷了。我哭笑不得，只好把他叫醒，告诉他好人已经做过了，人情领了，正式上床睡吧。

最典型的一次是 1987 年春，徐州市委在新沂召开农村三级干部大会，会议工作人员住在同一层楼上。市委秘书长住的是单人间，隔壁住的是两个驾驶员。早晨我们一起去餐厅吃饭，秘书长问驾驶员，你们这么年轻，是哪一个打呼这么响，隔着墙我都能听到。

驾驶员很委屈地说，我们俩昨晚也没睡好，是我们隔壁的王大勤副秘书长打呼太响。我们一行人哄堂大笑，齐赞大勤水平高，呼声穿透力强。大勤同志谦虚地说，让你们见笑了，打不好瞎打的。由此，王老兄打呼的知名度进一步提高。有的同志说，大勤每一次出差，家里都要放一盘他的打呼录音带，不然他的夫人晚上睡不着觉。这一说法给了我很大启发，想到西方发达国家离婚率很高，孤男寡女增多，晚上一定寂寞，睡不好觉影响身体，可以将王秘书长的打呼录音带出口到欧美，肯定有很好的市场前景。这样既为西方的社会稳定做出了贡献，我们也多了一条创汇的门路。大家齐说这个思路好，不过要打品牌必须有一个响亮的名字，因此就为大勤同志想到了"呼雷科夫"的绰号，应该说是集体智慧的结晶。

对于这个绰号，大勤同志似乎比较认可，每每这么称呼他，总是咧嘴微笑，而且笑得天真烂漫。我们相识至今三十多年了，老王变成了王老，年近 80 岁的人依然童心未泯，有时用手机发短信给我，落款还是"一个被你称为呼雷科夫的人"，看后常常会把我的思绪带进那个火红的年代里。中国改革开放从农村起步，为解决十几亿人口吃饭问题，各级对农业高度重视，20世纪80年代后，中央每年的一号文件都是专题解决农业问题。我们市每年春节后的第一个大会就是农村工作会议。大会筹备工作重点是文字材料，包括主要领导的讲话，分管领导的工作报告，市委、市政府下发的政策性文件以及典型材料等，这些都要在春节之前完成。时间紧、任务重，两办搞农村工作的同志集中一块联合办公，加班加点连轴转，和大勤同志有了更多的接触机会，加深了彼此之间的了解。

王大勤同志虽然只有大专学历，但文字功底深厚，无论起草领导讲话还是写调研报告，语言鲜活，通俗明快，很接地气。比如写群众对中央一号文件的评价说"八二年的一号文件给我们定了调，八三年的一号文件使我们开了窍，八四年的一号文件使我们大步跃"。描写老百姓生活的变化是"日子一年抬了头，两年干得有劲头，三年致富冒了头"。当时分管农村工作的领导多是工农干部，对他起草的东西非常欣赏。有时工作之余我们也聊聊天，得知王大勤同志农村出身，小时候家里也是很苦的，经常挨饿。他在徐州四中上学时，晚上饿得睡不着觉，家里有人给了他二角钱，装在兜里舍不得花，老是用手捂着，后来实在撑不住了，跑到街上买了一张饼，两口吃下去了，回到宿舍后悔得落泪。有一次听他与我们另一位领导聊天，说到二人体型，大勤说我们本来可以长高的，但小的时候家里穷，吃不饱肚子，缺乏营养。后来生活条件好了，长身体的年龄错过了，开始横着长，只长宽不长长了。听了他们的对话，我忍不住想笑，也报以极大同情。

大勤同志勤奋好学，当年我们就称赞他名副其实，就像呼雷科夫一样符合实际。现在他已退休近二十年了，仍然笔耕不辍，不断有大作面世，出版了《徐州农业纵横谈》《走遍古彭大地》等多本著作，以及散文随笔集《岁月留痕》，令人感动。作为老相识、老朋友，我想我应该说点什么，于是便写了这篇《我的老哥呼雷科夫》的短文。

希望我的呼雷科夫老哥多多保重身体，著述有度，呼声长鸣，永远年轻。

陈建领和他的乡愁

我和陈建领是大学同班同学，年龄比他大几岁，彼此相互尊重，相处十分融洽，因此有时说话不分轻重，也不需要斟酌。他参加工作快四十年了，经历了很多个岗位，邓州的八路乡是他初出茅庐的地方，也是他起步和成长的地方。他在那儿工作虽然只有两年半的时间，但对那片土地怀有深厚的情感。他以那个地方的工作、生活经历为背景，写了本散文随笔《乡官纪事》。我不知是不是这本书的第一位读者，但最起码是最早的读者之一。因为我是在书没出版之前就先睹为快了。

　我看到这本书稿时是下午五点多钟。我一边喝茶，一边浏览，渐渐地被吸引住了，一口气把十五个章节看完，我陷入了思考。书稿没有写他自己在八路乡工作的成绩，也没有展示他的工作思路与才能，全是记述他工作的一些片段和凡人琐事。我怎么会被吸引和感染了呢？想来想去只因一个字——"情"。

　书稿字里行间充满了乡土之情。城里生城里长的人没有农村生活体验，是闻不到乡土气味的。对大雪覆盖的田野、泥泞的田埂、翻滚的麦浪、民间风情、乡间农户冒出的缕缕炊烟，建领有一种特殊的感情。他出身农村，适应农村，眷恋农村，这就是他为什么不写任职新沂市市长、徐州市农委主任的辉煌经历，而忘不了三十年前任职八路乡两年半的原因吧。

　字里行间充满着对人民群众的真实情感。乡官直接面对的是农村老百姓，鸡飞狗跳的麻烦事很多，处理不好就站到了群众的对立面。陈建领是从农村走出来的，他理解农民、同情农民，动真情与农民相处。他不怕"豆腐西施"上访，当了解到乡政府食堂吃人家豆腐四年多欠账未还，他感到"羞愧"；听到乡政府在街上的饭店接待欠账 20 多万元，他"一夜未眠"；看到百姓卖公粮拿到的不是钱而是白条他感到"愤怒"；夜宿高滩住在贫困户家里，看到农民疾苦他眼里含着泪花……对这些小事、难事、麻烦事他没有感到厌烦，没有推诿，而是千方百计想办法解决，维护了老百姓的利益。

字里行间流露出对乡村曾经的同事们的思念之情。乡村干部是真诚质朴的，建领与他们在工作中建立的情谊是纯真长久的。乡长老孙"工作能打能冲，是个好搭档"，替他揽了不少事，到现在建领还"真佩服老孙那几下子"！看到食堂赵师傅（老晕）辛苦劳作，"很是感动"，到徐州工作后还帮他按大集体人员办理了退休手续，老晕感动得扛两个南瓜来徐州看望建领。与村干部在田间、地头、打麦场上喝酒聊天拉家常，村干部到乡里开会也经常到他这个党委书记屋里蹭茶叶。调离八路乡时，二十一个村支书凑份子买一辆自行车送他作为纪念，陈建领到县里工作后不忘请全体村支书吃顿大餐，还送他们每人一个雀巢咖啡瓶子当茶杯……一直到现在与这些老同事还时有来往。

我觉得书中没有虚构的故事情节，文字也是平铺直叙，感人之处就在于记述的事情不虚不假，有浓浓的人情味。现在距陈建领当乡官三十多年过去了，乡村的自然环境、工作条件、生活水平都有了很大的改善。但是当好乡官仍然需要充满激情做工作，带着感情为百姓服务，拿出真情与同事相处，扑下身子、撸起袖子干些实事。

继《乡官纪事》之后，建领又写了一本书，名叫《遥远的乡愁》。这本书主要记述他 1978 年考上大学之前的农村生活。文字很平实，情感很真挚，难为他将几十年前的生活场景回忆得这么清晰。带着泥土味的"乡愁"很快引起了我的共鸣。我和建领一样，都是生长在农村，通过考大学走到城市来的。我比他大几岁，在农村生活的时间更长一些，对书稿里记述的事情不仅看得懂，而且体会比较深。

首先，陈建领的"乡愁"是苦涩的。他出生在 1960 年，正赶上三年严重自然灾害，全国处于经济困难时期。特别那个时候的农村，生产力水平低下，物资匮乏，粮食短缺，贫穷和饥饿是这个年代人的最深刻记忆。建领的童年是"喝薄水"，吃野菜度过的。因此，他永远忘不了奶奶为了给他充饥烤大蒜的味道；忘不了祖父和父亲为生计劳作累弯的腰板和拉板车背影；忘不了母亲深夜推磨烙煎饼的汗水。这些极具画面感的场景，回忆起来是酸涩的。

其次，建领的"乡愁"又是温馨的。人无论走到哪里，也不问到了多大的年龄，故乡总是令人魂牵梦绕的地方。故乡是根，那里有孕育生长的"土壤"，有父母长辈们曾经的呵护与疼爱，有乡邻乡亲浓浓的亲情，有童年时的玩伴，还有同桌的初恋……虽然那是个缺吃少穿的年代，但人与人之间的感情是纯真的，回忆起来永远是暖暖的。

建领老家的村庄拆迁了，标志着世世代代的农民变成了市民。家乡的巨变是一件好事，但萦绕在心头的眷恋挥之不去，他要把养育过自己的地方写下来，留住宝贵的记忆，为活着的人留个念想，也让后人了解那段历史。我觉得这是很有意义的事情。现在城市

的孩子有很多不了解农村、不理解农民，包括我们的
第二代对故乡的概念已经非常淡漠，第三代已经分不
清麦苗和韭菜了。许多年轻人不懂得珍惜粮食，更不
知道什么叫勤俭节约，艰苦奋斗。有的为了减肥、美
容大把花钱，宁愿养宠物，不愿养父母，这是多么令
人痛心的现象。泱泱中华五千年历史，孕育出来的文
明美德如何传承下去？"家贫出孝子，国难现忠臣"，
现在我们生活富裕了，开始从小康向现代化迈进，同
样需要忠臣孝子。习近平总书记要求"不忘初心"，
是要共产党员不能忘记党的宗旨，从全社会来讲每个
人都不应该忘本，不要忘了艰苦奋斗的传统，和"艰
难困苦玉汝于成"的祖训。

　　《乡官纪事》和《遥远的乡愁》都是写农村、农民的，
而且都源于建领对农村、农民的十分熟悉和真挚情感，
都记载着农村的发展史迹，都寄托着建领的浓重乡愁，
都散发着苏北乡村的烟火气息，可以说是有阅读价
值的。

感悟

触景生情，

有感而发，

乃人之本性。

感悟是理性的思考，

正确与否受限于个人的认知水平。

感悟"度"的奥妙

度,这个字很有意思,从词性来说可以是名词,如度量;可以是动词,如度过;可以是量词,如几度;等等。从它能表达的含义来讲,则内容更多了,我今天只说它的哲学含义。辞典的解释是,事物保持自己质的稳定性的数量界限,或某种物质所能容纳的量的活动范围,等等。如果简单地表述就是哲学上所说的质和量的统一,量变到一定程度就会引起质变。我们的前人在长期社会实践中得出的体验,概括为成语就更通俗易懂了,如否极泰来、物极必反、盛极必衰、乐极生悲，等等，都是讲事物发展超过了一定限度就会走向反面。无论是推动事物向好的方面转化，还是抑制事情向坏的方向发展都有把握度的问题。

从古到今的哲人大家，对度的表述不同，但意义皆然。现实中大到一国一地的由盛转衰，小到一官一民乐极生悲都是深刻的警示。凡事要有度，无度必生害。近年来，随着国内国际形势的复杂多变，中央领导多次讲到底线思维的概念。我理解的所谓底线，就是最低的标准和要求，是不可逾越的，说到底还是要把握好度。如何把握好度，无法用尺子丈量，但也并非玄奥莫测，做人做事做官都要懂得中和均衡，不能走极端。做人要平和，不狂不傲，从容大度，讲求做人的原则和底线。须知与人为善,福虽未至,祸已远离；与人为恶，恶虽未至，福已远离。做事要灵活，谋定而后动，知止而有得，做到进退有据，取舍得当，把握分寸。须知不及难成，过则易折。做官要谦和，葆有一颗平常心，不可霸道专权，欺上压下，欲望太重。看看倒下的一些官员，要么贪财贪色，胆大妄为；要么官瘾太大，不择手段，出了格、越了线。说到底都是欲壑难填。

杭州灵隐寺有弘一大师亲撰的一副对联:"人生哪能多如意,万事只求半称心。"这位才高八斗的大师,以其毕生的经历和感悟,把"度"的含义推向了新的高度。一个"半"字道出了深刻的人生哲理。清代学者李密奄专门写了一首《半半歌》:"看破浮生过半,半之受用无边。半中岁月尽幽闲,半里乾坤宽展。"苏州园林有著名的半园,其园主也是"知足而不求齐全,甘守其半,遂名半园"。月满则亏,水满则溢,是普通人都应明白的道理。事物的发展变化都是渐进的,平时不注意把握,往往最后不可收拾。西方谚语压死骆驼的是最后一根稻草,我国成语的滴水穿石都是讲的这个道理。这最后一根稻草和最后一滴水就是度,把握这个度靠的是自身修养和自我约束,做人做事做官,都要讲操守、讲原则、讲规矩。

当官就要干事

最近看电视连续剧《县委大院》，剧中人县委书记梅晓歌的一段话引起了我的共鸣。他对干部说："只要你干的一件事能被老百姓记住，说这个人还凑合，那就不容易了，就是最好的评价。"演员能说出这样的话，说明是深入生活的，是有体验的。我在市、县党委和政府任职多年，理解其中的道理。本来当官就应该为老百姓办事，这是最基本的要求，但现实中因不正之风的影响，官场的套路很多，各种羁绊的干扰，做起事来并不容易。有些干部不会干事，也不想干事，官却做得风生水起，八面玲珑。有感于此，县委书记梅晓歌才说出这些话来。

为官一任，或者当官几年，要想干成点事情是需要有定力的。我认为至少需要以下几方面的素养。首先要有感恩的心态和为民的情怀。一个人能当干部，特别是走上领导岗位，不论职位高低，都是组织安排的，端的是人民的饭碗，必须为党工作，为百姓办事。这话可能有人不爱听，认为是唱高调，殊不知这是千古不变的道理。封建社会的官吏食国家俸禄尚知效忠皇上，为国家出力。我们共产党的干部岂能尸位素餐，沐猴而冠，做"躺平式"干部。诚然，干事就会遇到各种矛盾和困难，就有风险有压力，这就需要想干事、敢担当的情怀和魄力。

其次，要善于处理一般工作与重点工作的关系，摆脱烦琐事务的缠绕，集中精力干成一两件关系民生或发展全局的大事。时间是有数的，人的精力是有限的，有的同志开会、学习、接待、出差、调研忙得很，把时间填得满满的，任期几年不知道自己干的啥。我在县里工作的时候曾经提出过重点工作重点抓，日常工作挤时间抓，就是每年排出要干的大事，集中主要精力重点突破，日常事务性的工作利用零散时间处理，取得了很好效果。

再次，干事不能急功近利、急于求成，要有"功成不必在我"的精神。任何一项工作都有其内在规律，有做事的周期，加之各种因素制约，不可能毕其功于一役。有的工作要用几年，甚至十几年的时间才能完成，发挥作用、产生效果的周期可能更长一些，需要一任接着一任干，决不能贪一时之功、图一时之名。比如徐州军用机场的迁建，我在政府做常务副市长时启动这项工作，一直到2017年从政协主席的岗位退下来，干了十年还没有完全结束。徐州黄河故道的综合开发也是一项耗时费力的工程。2012年我在做副书记时制订了"七位一体，九项工程，十大目标"的开发规划，干了五年虽基本完成，达到了"中泓贯通，道路畅通，生态改善，示范区成型"。但在农田整治、旅游开发、产业兴旺等方面还有许多不尽如人意的地方。时至今日，作为徐州的一条富民廊道，市委、市政府仍在不断打造和完善。

　　当官是为了干事和干事是为了当官是两个完全不同的概念，也是两种不同的境界。如果为了当官而干事，就会走向一味追求政绩的歧途，甚至搞形式主义，做表面文章，对事业造成危害。我赞同梅晓歌当官是为了干事业的表述，但干事不是为了让谁记住，让谁叫好，而是职责所在、情怀所系。元代诗人、画家王冕在题画诗里讲得非常好，"不要人夸颜色好，只留清气满乾坤"。小时候读苏联作家奥斯特洛夫斯基的小说《钢铁是怎样炼成的》，男主角保尔·柯察金有一段话："人最宝贵的就是生命，生命对于每个人来说只有一次。人的一生应该这样度过：当他回首往事时，不因虚度年华而悔恨，也不因碌碌无为而羞耻。"这段至理名言，影响了几代人，至今想起来仍热血沸腾。

刘邦店铸造业的猜想

沛县城的西部有一个镇，叫安国镇。安国镇西边有一个村，叫刘邦店村。这一镇一村都很有历史，孕育过一些大人物。安国镇有"五里三诸侯"之称，西汉王朝开国功臣周勃、王陵、灌婴的家乡都在这里，而且相距不过五里路。刘邦店村的传说就更多，仅村庄名称就有三种说法。一说刘邦店原叫刘八店，因刘邦有个叔叔叫刘八，曾在此开店做生意，因店得名故叫刘八店。一说秦始皇到泰山封禅路过丰县，发现该地有王者之气，为稳固江山，派人屠杀所有婴儿。刘邦的母亲抱着刘邦从丰邑逃到这里避难居住于此。还有一说楚汉战争时刘邦在此歇马借宿，后人在此建歇马亭、立歇马碑，并在亭前栽植松柏以示纪念，将村名改为刘邦店村。总之，无论哪种传说，都与刘邦这位千古一帝有关，而我想要探究的是刘邦店村的一个产业，就是传承不衰的铸造业。

我在沛县工作了八年多，曾多次到刘邦店调研，村内除了存有泰山行宫碑、钦马井、歇马亭等古迹外，有一个产业十分兴旺。六十多户人家的村庄，几乎家家户户搞铸造，已经形成不小的规模。我十分好奇，在这么一个较为偏远的

刘邦店

村庄，并无资源禀赋，是什么支撑这个产业发展的呢？
我问村民是什么时间搞起铸造的呢？他说不清，只是
告诉我"老辈人就搞这个"。老辈人老到什么时间呢？
一位年长者给我讲了一个故事，说是刘邦起义之前，
村子里一位很有名气的铸剑师傅，为他铸造了一把宝
剑，青铜剑身，饰七彩珠、九华玉，寒光逼人，刀刃
如霜，剑身镌刻"赤霄"二字。刘邦凭此剑斩蛇起义，
创千秋伟业。

　　这虽然是一个传说，与刘邦店铸造业的兴起应该
是有关系的。我由此想到，刘邦当年在丰西大泽放走
徭役，躲进芒砀山聚集了一些逃亡的人，又回到沛县
杀了沛县令，在泗水之滨誓师起义，拉起了几千人马，
以沛县为中心，西攻丰县，北打薛城，与秦军鏖战萧
砀，边打边扩充队伍，兵马很快过万人。刘邦西进咸
阳时兵将已近十万，这些人马需要多少兵器啊！粮草
可在民间筹集，兵器必须有专门的作坊打造。古往今
来，兵工厂都是建设在最隐蔽、最信任的场所。刘邦
店村地处丰、沛两县中间地带，远离县城，又是刘邦
最熟悉、最信任的地方，作为打造武器装备的基地再

合适不过了。果真如此的话，刘邦店的铸造业应为传承年代最久远的行业。很期待将来的考古专家和历史学者能发现更多证据，以佐证这一猜想。

看老照片有感

国庆长假，闲来无事躲进书房整理照片。几十年的积累还真不少，把一间橱柜堆得满满当当，有的装了相册，好多还在信封里裹着，整理起来颇费功夫。时光荏苒，岁月蹉跎，随着时间的流逝，记忆变得淡漠，一张张既熟悉又陌生的面孔，一处处似曾相识的场景勾起许多回忆，引发诸多感慨。也许我们当年拍照时并不觉得怎么重要，若干年后的今天再来翻看这些照片还是很有意义和价值的。

不同时期拍摄的照片是人生旅程的记录。人这一辈子从出生到衰老，就像一列驶出站的火车，昼夜不停地奔跑着，一会儿爬坡过坎，一会儿坦途悠长；一会儿风霜雨雪，一会儿阳光明媚。光阴年轮像铁道两旁的景物，被呼啸地甩在后面，只有行进过程中留下的照片真实地反映出各种变化。你的那张脸从稚嫩到成熟、从风华到沧桑、从老成到衰老，不由你不感叹人生易老。你所工作或生活过的环境，看上去历历在目，现实中已物是人非，有的甚至物非人非了。读过小学的校园已经不存在了，大学校园已经迁址，原址笼罩着浓厚的商业气息。刚参加工作时的机关大院，在我心目中是多么神圣庄严，现已开发成了商贩们的经营场所。我曾经工作生活了八年多的县委、县政府，还有足迹遍布的镇村街道，当时的条件虽然简陋，但倍感亲切，现在已是面貌大变。变化是社会进步的必然，怀旧却是人的天性使然。

照片也最能勾起对亲情友情的深切思念。生我养我的父母劳碌一生，极少照相，仅存的两张照片已经颜色泛黄，但仍在注视着我，音容宛在、温情犹存，二老却早早驾鹤西行。他们的晚年正是我事业最忙碌的年代，很少尽孝，以致终生愧疚，但愿他们在另一个世界过得好些。三十多年前怀中抱着的婴儿早已长大成人，结婚生子，像小鸟一样展翅

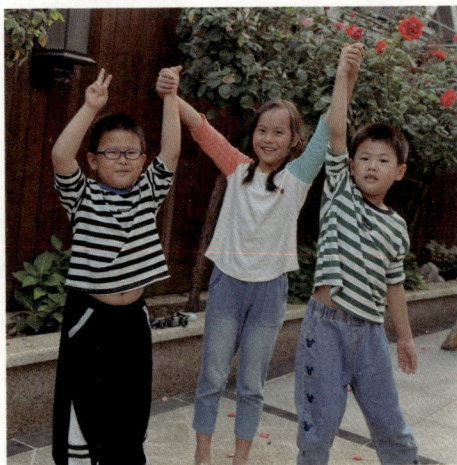

孙辈们

飞向了远方。孙辈们的照片很多，每一张都活泼可爱，翻看起来心头会涌起一股股暖流。积存照片最多的还是各个阶段相遇相知的同学、同事和朋友，仔细看来，每个人都能引起一段回忆，都有值得回味的故事。有的事业发达，风生水起，赴省进京做了大官；有的仕途遭遇变故，销声匿迹；有的英年早逝，令人扼腕叹息。多数是退休离岗再就业，为第三代服务，含饴弄孙其乐融融。在这一部分人中虽然情况也大不相同，但每一个人都淡定、平静了许多。

翻看老照片还会使我们的心灵更加净化。照片上

的人物画面是静止的，但把各个不同时期的照片连贯起来看，你会觉得是流动的，传递出的信息是令人深思的。人是要老的，尽管你曾经辉煌过，被人称赞或尊敬过，那都是过去，就像滚滚的长江和黄河，奔腾咆哮之后，最终要流进大海，汇入海洋后就无影无踪。事物是发展变化的，无论你多么眷恋怀旧，都必须尊重自然规律，坦然面对渐渐变老的自己，力所能及为社会做点事情，不给家庭、社会和子女增加负担就是我们的追求。这些事前人早就明白了，辛弃疾说，少年不识愁滋味，为赋新词强说愁。而今识尽愁滋味，欲说还休，却道天凉好个秋。杨慎说，是非成败转头空，古今多少事，都付笑谈中。是多么中肯而富有哲理的词句。

沙漠回想

　　在职时多次到西部出差，同行的同事们提出去看看沙漠，都被我拒绝了，不是因为别的原因，我实在没有兴趣。我出生在大沙河，是在沙滩上长大的人，记住的是风沙对人们的危害，从未觉得有什么吸引人的地方。退休后随团去西边旅游，居然安排了游览沙漠的项目，因是集体活动，只好一同前往了。

　　西部大沙漠一望无际，黄沙漫漫，沙丘起伏，无边无际，荒无人烟。天空是蓝色的，地面是黄色的，除了黄色和蓝色，再也看不到其他颜色了。给人荒凉、寥落、空旷的印象，令人联想起唐代诗人高适"大漠穷秋塞草腓，孤城落日斗兵稀"的诗句。为了招揽游客，商家投资兴建了一些设施，开发了一些参与性项目，编造了一些故事以吸引和留住游客。同去的团友们都非常兴奋，不怕疲劳，拍照、滑沙玩得热火朝天。我后来回想，旅游本身就是对未知事物和陌生环境的感知和体验，越是新奇越有吸引力，对拥有和熟悉的东西并不怎么珍惜和骄傲。常年居住在海边的人感受更多的可能是潮湿和风浪；居住在大山里的人感受更多的可能是交通不便，却不知道平原地区的人对山与海的崇拜。有人把旅游说得更通俗了，就是从自己居住厌烦了的地方到别人也住烦了的地方去参观。话糙理不糙，这话也有一定道理。

　我国的西部沙漠众多，规模很大，有的几十万平方公里，有的几万平方公里。虽有风沙肆虐时造成的危害，将来也可能是宝贵的资源。如果把西部的大沙漠比作广阔的海洋，我在老家生活过的沙滩只能算是小小的坑塘，60多公里的大沙河，流域内的沙滩面积充其量有1000多平方公里，面积虽小也可窥豹，没有西部"平沙莽莽黄入天"的恢宏，却也有沙波层层似浪涛的气象。年幼时没见过世面，不知道塔克拉玛干，感觉家乡的沙疙瘩很大，常在村后的沙滩上奔跑，夏日炎热的阳光，把细沙仿佛炙烤成了岩浆，脚底会被烫下一层一层皮来。

　　西部沙漠大多是天然形成的，因长年干燥少雨，日晒风吹聚沙成丘。而家乡的沙滩则为"客沙"，是古老的黄河充当媒介，从遥远的西部裹挟而来，原本物产富饶的膏腴之地，被覆盖上厚厚的黄沙。经过几千里路的冲刷沉淀，去粗存精，沙质更细更滑，变成了"沙土"，因而也更易扬尘和飘荡。形成了"无风也飘沙，风吹沙更大"的状况。特别是到了刮风的季节，黄沙漫天飞舞，穿堂入室，无孔不入，老百姓的锅灶上、饭碗里常常沉淀着沙土。对农作物的危害更大，民谚描述"风起三尺沙，黄土埋庄稼"，只种不收，种多收少，百余年间民不聊生、缺衣少食，给当地百姓造成深重灾难。

　　中华人民共和国成立以后，在党和政府的关心支持下，人民群众向沙荒进军、同沙滩宣战，采取植树造林、防风固沙、挖河引水、改良土壤等综合措施，经过 70 多年的艰苦努力迎来巨变，沙滩变成了果园、粮田和花海。1980 年之后出生的孩子，已经不知道当年沙滩的原貌是什么样子。我的脑海里尚有儿时的记忆，回到故乡已经无法印证了。这次西行我突然意识到，别人没有的东西都是可以开发旅游的，当年老家的沙土还是有些用处的。比如，用沙土炒的花生非常好吃，把沙土放进铁锅内加温，然后放进干花生翻炒，外皮不见烧烤的痕迹，内里的花生米酥脆香甜。再比如，用沙土治疗脚气。许多人为脚气烦恼，殊不知用沙土效果最好。赤脚在沙土上走动即可，夏天有一定温度效果更好，两三次即可治愈。如果当时在治理沙荒的规划中，刻意留出一定面积加以保护，说不定现在会成为旅游的热点，成为网红打卡地。

赏花有感

惊蛰刚过，乍暖还寒，早春的丝丝凉意阻挡不了复苏的脚步，公园里的花草树木酿红酝绿，渐次开放了。

最先开的是迎春花，早早地冒出了米粒大小的花苞，由开始的星星点点到大片的金黄，迫不及待地向人们传递春的讯息。春梅也不甘落后，暖色刚起便显露出多彩的姿色，红的、紫的、粉的，如云似雾。紧接着杏花、桃花、樱桃花陆续亮相。特别那大片的垂丝海棠虽然稍晚几日，却开得汪洋恣肆，如片片云霞，惹得蜂蝶纷至。

　　我从乡野走进城市，喜欢绿色，爱惜各种花草，在这百花竞放的春天，我最欣赏的还是低调朴实的白玉兰。自古以来，文人墨客咏花者众多，特别称颂牡丹的富贵、冬梅的孤傲、荷花的高洁、兰花的幽雅等等，殊不知那不太惹眼的白玉兰更具丰富的内涵和深沉的美感。白玉兰之美是美在骨子里的，就像洁白无瑕的羊脂玉经能工巧匠雕琢而成，冰清玉洁，素雅娴静，在早春的一角默默地吐露着芬芳。

　　我喜爱玉兰花美丽的形态，更敬重它的品格，晶莹圣洁，厚重端庄，弃妖冶之色，去轻佻之态，无意与群芳争艳，不惹蜂蝶狂舞。更可贵的，玉兰是傲然独立的大树，无须靠攀附成长，不贪图温暖舒适的

白玉兰

暮春，而在寒风冷雨中怒放。玉兰的花瓣即使凋零了也不会随风飘荡，而是落在自己的脚下，保持着一尘不染的品格，化作泥土也滋养着自己的根脉，一片芳心一片真情。

　　我站在玉兰树下久久凝视着，心中翻动着无限的感慨。世上万物都有自己的个性，而这种个性都是天生的，由传统的基因所决定。花品亦如人品，有多少人能像白玉兰一样坚守纯真，节操高尚，不媚俗、不张扬，为了理想而默默奉献自己的一生。

什么是幸福

　　幸福生活是人们的普遍追求。我们在小时候唱的歌颂毛泽东同志的歌曲《东方红》就有"他为人民谋幸福，他是人民大救星"。2024 年 5 月，习近平总书记在山东考察时说："老百姓的幸福生活是干出来的。"新中国成立后，历任党和国家领导人都牵挂人民的幸福，为人民的幸福呕心沥血。那么幸福是什么样子的呢？不同人群，不同的追求对幸福的理解和感受可能有很大不同。最近，格力电器董事长董明珠的一番言论引爆了舆论。她在接受记者采访时，当问及工人提出悠然轻松的生活时，她回答说"你可以打辞职报告，可以回去休闲，没有问题，是你自己的选择"。她接着说"就像我一样，三十几年没休息过，你觉得吃亏了还是选择错误？对我个人来说觉得很幸福，所以幸福没有一个标准，幸福来自你的内心"。虽然不少人批评她对工人过于严苛，但我觉得她说明了一个问题，就是不同人群对幸福的感觉是不一样的。董明珠认为"没有付出，没有奋斗过程就不会感到幸福"。

我在市委工作的时候，曾经听省委一位领导讲过一个故事，记忆很深。这个领导之前在北京大学工作过，每天需要花费很大的精力处理后勤上的一些问题。北大的许多老教授子女都在国外留学或工作，虽然很优秀，很有成就，但很少有时间回来看望父母，只是在节日的时候寄个贺卡或礼品。教授们还很高兴，到处炫耀子女有出息。实际上他们成了"空巢"老人，就医和生活上的许多事情都要依靠组织解决，内心是孤独和空虚的。北大宿舍区的旁边有一个修车铺，修车师傅的女儿在旁边开了一间小超市，女婿开出租车，还有两个外孙在上小学。每天晚上收工以后，全家人聚会在修车铺内，两盘小菜，半斤老酒，生活有滋有味。领导问，教授与修车匠谁的生活幸福？许多同志认为修车师傅比教授过得幸福。我却认为他们都是幸福的。老教授们为养育子女的成功而感到幸福，修车老汉因生活安逸而幸福。

幸福没有统一的标准，不能用金钱、地位去衡量。家产万贯生活不一定如意；权势滔天未必没有苦恼。幸福是一个多元且主观的概念，不同的人对幸福的理解和感受各不相同。对于一些人来说，幸福就是衣食无忧，工作顺心，子孝媳贤，家庭和睦。对于另一些人来说，幸福可能是辛勤工作获得的成果，艰苦奋斗后的成功与欣喜。

幸福应该是积极创造，努力争取的结果，无论物质需求还是精神的满足都不是被动的。在眼花缭乱的社会活动中，合理确定自己的目标追求，并为之奋斗。在纷繁复杂的社会交往中，从容善意地处理人际关系，不被各种诱惑所困扰。奋斗和追求是实现幸福的路径，欲壑难填是使人烦恼的根源。追求有度，获取有道，知足常乐，此乃幸福也。

序铭

题词作序是名人大家所为，

非吾辈能胜任。

然因工作关系，

或好友相求，

实难拒绝，

勉为其难了。

《徐州历史文化丛书》前言

  《徐州历史文化丛书》的策划，始于 2002 年夏天。我到宣传部工作以后，责任所系，迫切需要更多地了解自己的城市。虽然翻阅了不少资料，但仍困惑于对徐州历史文化的体认，缺少一种较为规范的、统一的文献依据。以至在宣传徐州这座历史文化名城时，要么径引二十五史的古代资料，要么旁征歧义纷纭的今人杂著。尽管资料丰富，甚至左右逢源，但仍让我们有一种家底不清、库存不明的疑虑。可以说，就是在一种"盘点遗产"的急迫情态下，我们开始筹划编纂《徐州历史文化丛书》的。

务虚会开了多次，对编纂该"丛书"的意向亦渐趋明朗而坚定。我们把想法汇报后，得到了市委、市政府的充分肯定和大力支持，领导同志提出了许多指导性意见。2003 年秋，"丛书"编委会成立。在编委会组织下，参编人员对"丛书"纲目、内容、体例，以及编纂程序、计划都进行了反复论证。按照统一协调、分工负责的编务方针，各分册编撰者很快投入了资料搜集、文本撰写的紧张劳动。至 2004 年七、八月份，十册书的初稿大部分完成。主编、副主编进行了初步审改后，分册编撰者又各自作了最后的加工。呈现在我面前的文稿，已经是一份较为统一而翔实、简洁而清朗的关于徐州历史文化的全方位阐释。

由于时间匆忙，搜求未遍，这套"丛书"必定还存在着剪裁或表述上的失当之处，刊布之后，期望读者予以批评指正。而就截至目前的徐州地方文化研究现状而论，这套"丛书"仍有集成归类、析疑探微的学术价值。我衷心地向每一位对"丛书"编纂做过贡献的朋友表示感谢。

　　在编纂的过程中，我们深化了对著书立说的理解。面对数千年的徐州文明史，我们由礼赞走向梳理、由梳理进入学习。以史为鉴的体验，首先让编纂者大获裨益。相信这套"丛书"在教育徐州人民继往开来的思想解放程序中，一定可以发挥它的重大作用。

　　历史是一个延续不尽的过程。前人创造了他们的业绩，后人在继承历史遗产时，又加上自己的创造，再传之明天。不论梯级递进、还是螺旋上升，一座城市、一个民族、一个国家的进步都不会止于至善。好了再好，富了再富，文明更文明，这也就是我们编纂这套"丛书"的文化期待。物质变精神，精神变物质，徐州曾经有辉煌的昨天，徐州也定然会有美好的今天与明天；创造了徐州文明历史的徐州人，也一定能创造出超越历史的全新功业。

悲欣交并黄河情

——《徐州黄河》序言

岁月的流逝，最能冲刷人们的记忆——即便与人们生存环境攸关的大事变亦不例外。现在还有多少人能把"徐州"与"黄河"联系在一起？我是出生在徐州黄河故道上的人，看过了近半个世纪的沧桑变化，尚不知"故道"的身世。2011年起，我在市委副书记任上，奉命主持黄河故道二次综合开发，职责所系，需追根求源，方能谋划全局。通过搜求史料，我震惊了：黄河，这条中华民族的母亲河竟然在徐州境内流淌过

700 多年！

从南宋高宗建炎二年 (1128) 至清文宗咸丰五年 (1855) 的 728 年间，黄河夺淮，从河南中部东下，经鲁南、苏北接壤之地，蜿蜒奔腾，一泻千里，先后于响水、滨海之境注入黄海。其间，黄河主流曾经在徐州大地上横卷出四百里波涛。

七百年，四百里，数十代人的生命接力，数十米厚的黄沙淤积，这就是徐州的"黄河时代"所留下的"历史大数据"。

直到咸丰五年，黄河于河南兰考铜瓦厢决口北徙，经行豫东、鲁中而于利津注入渤海，徐州这才迎来了它的"后黄河时代"。恍然之间，这段"后黄河时代"又经历了 173 年！

"后黄河时代"的徐州，并未与黄河一刀两断——黄河走了，"黄河故道"还在；黄河走了，"黄河文化"还在。然而人们对黄河故道的记忆却是苦涩的，是与风沙盐碱、寒冷饥饿联系在一起的。"风沙不把人情留，打罢麦穗打谷头，哥嫂逃荒离家去，爹娘吊死在梁头"，就是黄河故道人民生活的真实写照。

新中国成立后，在党和政府的领导下，黄河故道沿线的人民群众植树造林、防风固沙、改良土壤、发展生产，同自然灾害的斗争从未停止过。但是，由于历史条件的限制，人们对自然环境的改造只是局部的、零碎的、不系统的，直至我们实施二次综合开发前，故道沿线多数地区还是水不通、路不畅，生产力水平低下，仍然是全市的一条"贫困带"。

因而，"后黄河时代"的徐州，必然要带着对黄河的"不了情缘"，即带着黄河的"历史烙印"或"文化符号"去梳理昨天、经营今天，进而创造明天。

启动实施黄河故道二次综合开发始于 2012 年秋，恰逢党的十八大召开之际，我们赶上了中央高度重视扶贫开发、高度重视生态环境建设的大机遇。一开始我们就确立了"高标准规划、综合治理、县（市）区联动、彻底改变面貌"的指导思想。在开发建设的方法上，始终以项目为抓手，坚持水利、交通、农业、生态、扶贫、旅游、土地整治"七位一体"，扎实推进中泓贯通、道路畅通、土地整治、产业提升、生态建设、环境整治、文化旅游、扶贫开发、城乡用地统筹"九项工程"，确保实现粮食增产、农民增收、产业兴旺、生态美好等"十大目标"。

在江苏省委、省政府的大力支持下，徐州涉及黄河故道的五个县(市)区统一行动，以"敢教日月换新天"的胆略和力度，展开了史无前例的开发工程大会战。五年多的时间里，筹措投入资金240多亿元，开挖和疏浚故道中泓228公里，新建二级河道206公里，开挖土石方6000多万立方米，新建改建配套建筑物350多座，修建沿河二级柏油路220多公里，建成高标准农田160万亩，栽植绿化苗木300多万株，建设大型湿地公园3处，增加储蓄水量1亿多立方米……

这些抽象的数字，对于没有从事过工程建设的人来说，或许没有多少概念，但当你乘车驶上新修的黄河故道观光路，就会有融入田园风景画的感觉——宽阔清澈的河水、花红柳绿的林带、品种多样的果园、红绿相映的万顷荷田、金黄飘香的稻谷、粉墙黛瓦的农舍都会让你陶醉。

黄河故道变了，由"贫困带"变成了"增长极"，变成了名副其实的休闲观光带，变成了徐州市优质农产品的生产带和宜居宜业的生态走廊！作为"徐州人"，尤其作为"徐州黄河人"，对徐州黄河变迁的记忆是经历了层层叠加的。生逢盛世，托命大业，并目睹徐州母亲河的巨变，我视之为人生之幸，且时时萌生着不枉青春、无愧时代的感叹。

为了留住记忆，保存史料，启迪后人，徐州市政协启动了《徐州黄河》的编撰。本书的刊布，当可慰藉徐州人的黄河情缘，而从历史传承的角度看，我更倾向于将本书视作一部徐州人的"黄河叙事诗""黄河抒情诗"。

黄河从雪山走来，归宿是沧溟；黄河从历史走来，无尽是明天。这就决定了每一个枕着黄河涛声的城市，都会酝酿着自己的黄河之梦。"黄河清，圣人出"，或是昔日的期盼；"黄河清，百姓富"，则是今天的福祉。

从治理黄河，到阅读黄河，我们经历了实践向思维的飞跃，自然也感受了从悲凉向欣悦的升华；当我们从阅读走出，再回黄河治理的现场，或许可以感知"物我两忘"之境的实现、"天人合一"之境的迫近，从来都要凭借"人"的先觉与先醒。所以，面对徐州境内黄河故道的青山绿水，我们追怀的是历史，敬畏的是天道，感恩的是时代，珍视的是有为……这，也许就是经历了黄河磨难又成全了黄河新生的徐州人的精神禀赋吧。

是为序，与所有关注黄河、关注民生的朋友共勉。

江山有待　文献千秋
——《徐州明清十人文萃》序言

呈现到读者面前的这套丛书，是对徐州五百多年的文化传承进行汇总、筛选而编纂成帙的。如果以朝代为标识，则又可以说是对徐州地区明、清两朝精英文化的荟萃。

基于荟萃精品的编纂意愿，编者将该书命名为《徐州明清十人文萃》。

对于今人，尤其是对于不熟悉徐州历史文化，或置身徐州地方文化研究之外的朋友们而言，面对入选本书的十位作者——明万历朝进士，历任兵、工、礼三科给事中，追谥太常少卿的张贞观；明代散曲大家、"乐王"陈铎；明崇祯朝举人，明亡而怀抱故国忠诚的著名诗人阎尔梅、万寿祺；清康熙朝状元、诗人李蟠；清康熙年间学者、《金瓶梅》评点家张竹坡；清雍正朝兵部尚书、直隶总督李卫；清道光朝拔贡、咸丰朝孝廉方正、诗人孙运锦；清光绪朝举人、书法理论家、书法家张伯英；清末学者、诗人，早期南社成员周祥骏等大家定然会有多多少少的陌生感或疏离感。好在我们都同属一个文化体系，同属一条历史根脉，同属一个乡土源流，因而，借助阅读，自然就可以感应历史，进而实现"今"与"昔"的文化对接。

若从一个地区文化传承的意义上考量，本书在唤醒十位历史人物，进而唤醒当代人对历史文化的重新关注时，不但可以打通"历史隔膜"，而且还将激发起"创造机制"。

今天，在体味了十部书的编纂辛劳之后，我对"历史隔膜"的普遍性和浸润性已经有了足够的警戒。说"警戒"，并非耸人听闻。稍稍回顾一下徐州文化的历程，人们就会发现，许多徐州前贤创造的文化成果，领新时代，辉映朝野，甚至具有国家水准、民族水准，只是因为在流传过程中外地人未加重视，而徐州本地人也没有加意珍存，这才造成了黄钟毁弃、典籍失传、文脉断线。百千年之后，面对文化的"残局"，谁清醒？谁叹息？

就因为有所反思，当我们从文化传承的高度鸟瞰人心时，面对有意无意地"失忆"，就会多出一份忧虑。须知，正是芸芸众生的失忆，家族的过往，城市的过往，国家民族的过往，才渐次沦入苍莽。人遗忘了历史，历史埋没了文明，所以人类的穿新鞋、走老路，无不可以从割断历史的积习中寻到教训。

仅以汉代以后徐州文化的"失传"记录为例，即有：

楚元王刘交，是秦汉之交诗学大家，传习并著有《元王诗》，可与鲁诗比肩。后来，《元王诗》失传，徐州诗学断层。

汉代"易学三家"，其中一家即为徐州沛人施仇。《汉书·艺文志》还说："《章句》施、孟、梁丘氏各二篇。"这施仇的"二篇"易经《章句》，后来失传，徐州不再是"易学高地"。

刘向著《别录》。那是中国历史上第一部图书目录总集，不知失传于何年。

刘歆的《七略》，是《别录》升级版的国家图书目录总集，亦不知失传于何年。

刘义庆的《徐州先贤传》，是专门记录徐州两汉、魏、晋名人的，它的失传，让多少徐州名人永久埋没。他的《江左名士传》自然是记录江南名人的，该书失传，埋没名人更多。其《幽明录》，当是中国最早的笔记小说。《幽明录》失传，徐州的小说史、文学史失去了领先全国的实证。

南朝刘孝绰帮助萧统编成了《文选》，他和弟弟刘孝威、妹妹刘令娴的诗歌，开一代诗风，而其作品《刘孝绰集》十四卷、《刘孝仪集》二十卷、《刘孝威集》十卷、《刘令娴集》三卷等，今皆不传，故"诗歌徐州"又少了南北朝时期的佐证。

再如宋、金间徐州籍状元邵世矩、张介，诗文立身，获取功名，而其身后，邵世矩无一诗一文传世，张介传世诗作仅见两三首。

　　阎尔梅和万寿祺的诗，存世量都不到他们创作量的一半。

　　张竹坡是诗人，因诗才而名满京城，有《十一草》行世，今《十一草》失传，仅留《金瓶梅评点》。

　　孙运锦的《徐故》，专记徐州掌故。《徐故》失传，使多少徐州掌故湮灭。而他的诗作，现传世者已不及十分之一。

　　明清两代，徐州籍诗人文人，嘤嘤友鸣，结社唱和，昌明一方，出版个人诗集、文集者比比皆是。而流传至今者，百无一人。

　　回望历史，我的内心经常会有刺痛之感。痛就痛在，文化结晶、文化珍宝经常在传承中或无故丢失，或失手打碎。因此，"斩根""断流""失传""湮灭"正是文化发展的大忌、大灾、大难和大不幸！

　　也许就是因为怀抱着这样的忧患意识，本书最初的筹划者李鸿民、田秉锷两位先生才启动了对徐州历史典籍的盘点、梳理工作。他们告诉我，之所以从明、清入手，当然还是出于对"抢救"急迫性的认识。在交流中，我也同意他们的考量：从汉代到宋代，徐州

先贤的创造成果，留便留了，失便失了，存世者几乎
都已被纳入中国经典文化的大系。所以，对那一时段
徐州经典的梳理，可以推迟，可以缓发。倒是明、清
两朝的徐州文案，因在国家经典之外，所以随时皆有
毁弃之可能。因而，编纂文萃，即贯彻了"先近后远"
的原则。今后，如果条件具备，可以再编宋朝之前的
"文萃"。我们设想，倘若能有二三十个徐州经典作家
的诗集、文集得到整理，徐州古代文化的基础性工作
也就算差强人意了。

本书的出版，只是这整个工程的第一步，或基础。

参与本书编纂的朋友，可谓少长咸集，同心同德。
在编纂工作的整个过程中，他们都发乎本愿，出乎至
诚，以兢兢业业、礼拜先贤的态度，爬梳资料，考定
文句，从不懈怠。能参与其中，我也受益良多，且引
以为人生之幸。

本书的资料搜集工作，起步于 2013 年；初稿汇集
工作，完成于 2015 年；统编定稿工作，结束于 2016 年。
因为受条件约束，我们对整个文案还作了适度的压缩。

此书刊布，正逢晚秋。对徐州文化而言，这肯定

是一次迟到的丰收。至少，这部书可以接续一个时代的文化记忆，填补一个时段的精神空白。

人是有记忆的，城市也是有记忆的。

人的记忆在大脑里，城市的记忆在典籍里。

珍视城市的文化典籍，就是珍视城市先贤们曾经的梦想、曾经的创造、曾经的历史过往吧。唯奠基于一代代的传承，才可能引燃一拨拨的创造！

是为序，与读者共勉。

后　记

　　树老根多，人老话多。退休之后，清闲了，心静了，常常回忆一些往事，尤其是那些触动过、感动过、激动过我的，哪怕是一个瞬间、一个片段、一个场景，想起来就热泪盈眶，心潮难平，催使我说出来。说给谁听呢？子女忙，老伴烦，老朋友聚会也难，只有自说自话，自己写给自己看。几年时间，倒形成和积累了几十篇文稿。偶有文人朋友来访，便拿出来请求指导，意外地获得赞赏，建议我修改完善后编撰成书。这给了我很大的鼓舞，于是就有了《岁月的足音》。

校样出来后，我反复审视，总有许多不满意。因为一开始没有出书的打算，缺少谋篇布局的统筹考虑，所以对篇目的编排和分类难以做到很清晰，如"忆旧"与"纪事"所涉及的内容都不能截然分开。文中记述的人和事都是凭着自己的记忆，由于时间久远，无法逐一核实，可能也有不准确的地方。从行文风格看，由于自己曾多年在办公室从事文字工作，有些地方没有完全摆脱公文的味道。上述不足之处欢迎大家批评，也敬请原谅了。

2024 年 6 月

于黄河书屋